AF603911

Autoédité Gracie BOUSSA ELLENGA, France

ISBN: 978-2-9587049-0-2

À ce **cœur** qui t'aime,

Plaidoyer pour un amour **éternel**

Gracie BOUSSA ELLENGA

Remerciements

Nous bénissons le Seigneur Jésus-Christ, le Dieu de toute notre vie, qui a permis que ce livre voie le jour.

Merci à Lui pour toutes les personnes qu'Il a mises sur notre chemin : notre équipe de bêta-lecteurs et correcteurs (Gracia, Maliza, Boris, MonEspoir...), nos prestataires (« C'est mieux sans faute », Eugénie, « El Rey », etc…)), la famille, les plus anciens amis depuis le lycée Javouhey ou l'école primaire Immaculée conception,

Merci à tous ceux qui ont porté ce projet dans leur cœur comme étant le leur,

Merci à tous pour vos prières et vos encouragements.

Je dédie ce livre à l'amour de ma vie, sans qui je n'aurais pas pu vivre et écrire ces mots : M. DHM, Darlan Hermelan MANDILOU.

À nos futurs enfants, sachez que vos parents ont été et sont très amoureux, que vous êtes les joyaux de cet amour; que le Dieu qu'ils ont servi et qu'ils servent, le Seigneur Jésus-Christ, est le meilleur allié qui puisse exister pour une vie heureuse et comblée.

Et à vous chers lecteurs et lectrices, nous vous remercions pour votre confiance et vous souhaitons un très bon moment de lecture.

Table des matières

Avant-propos

Une chose nous fascine avec l'amour dans le Seigneur, c'est la capacité de trouver un époux aimant qui sait que son rôle quotidien est de se sacrifier comme le Christ s'est sacrifié pour son Église. C'est la capacité d'avoir une épouse qui puisse s'oublier et renoncer à elle-même pour le meilleur de son époux et la petite famille qu'elle construit. C'est cela la véritable union que le Seigneur souhaite et réserve pour tous ceux qui obéissent en Son nom (cf. Éph 5:22-25).

Par définition, l'homme qui aime doit à plusieurs centaines de reprises, porter des sentiments positifs, de bienveillance et de bonté à une personne imparfaite. Il doit parfois s'obliger de le faire face à une personne qui est à l'antipode de ses décisions, de sa vision et qui n'en comprendra pas parfois les teneurs. Et la femme soumise, selon la Bible, n'est pas celle que la société moderne veut nous faire penser ou nous donne comme image péjorative. Loin d'être l'esclave d'un gourou, elle est cette femme qui a le super-pouvoir de prendre ses décisions et de les mettre de côté. Elle le fait lorsque lesdites décisions ne semblent pas avoir de signification pour la vision et les objectifs que les deux partenaires se sont fixés. Ce super-pouvoir lui permet d'accepter volontairement d'obéir aux choix et aux décisions de son époux qui avantageraient leur vie commune. La soumission de l'épouse a donc pour réel but de profiter à la bonne tenue du foyer, comme l'amour de l'homme profite au rayonnement de celui-ci.

Nous parlons ici de super-pouvoir, car si Dieu a une crédibilité prouvée dans la gestion de vie, il n'en est point de même pour celui qui nous épouse. Ce dernier est un homme, parfois tout aussi inexpérimenté que nous. Il peut donc paraître plus simple et plus évident d'être soumis à Dieu qu'à un homme. En effet, Dieu est le créateur. Il connaît notre lendemain, Il est omniscient et rien en ce qui nous concerne ne peut échapper à Sa connaissance. En ce sens, lorsque le Seigneur nous conseille sur un choix à faire ou une directive à suivre, son conseil sera forcément juste car Il a de la visibilité sur notre avenir. La Bible nous enseigne que Lui-même est le chemin, la vérité et la vie (cf. Jean 14:6). Il se présente à nous comme étant Le bon berger (cf. Ps 22) et nous décrit comme étant le troupeau de son pâturage. Ainsi, Sa capacité à nous guider et à nous conduire sur la voie à suivre est intrinsèque à Sa nature. La soumission à Dieu semble encore plus facile car une fois l'expérience du Calvaire faite, nous devenons conscients de la preuve de Son amour et nous éprouvons une reconnaissance éternelle à son égard, parce qu'Il est mort sur la croix pour nous.

En revanche, être soumise à son mari nécessite davantage une confiance profonde sinon surhumaine et divine. Car il faut réussir à croire que l'homme, aussi limité que nous sur la connaissance du lendemain, puisse avoir raison sur un point pouvant chambouler notre vie, celle de nos enfants et avoir le dernier mot sur la conduite du foyer. Un homme qui peut aussi se tromper et d'ailleurs, il commet et commettra énormément d'erreurs. C'est pourquoi la soumission de l'épouse n'est pas quelque chose que l'on réclame ou que l'on impose. C'est un acte volontaire qui est la résultante d'une profonde révélation, celle du pouvoir qu'a la soumission.

La seconde chose qui nous passionne dans le mariage sous la bienveillance du Christ, c'est la capacité pour chacun des époux à se mettre de côté et à savoir s'humilier pour rechercher la paix en tout temps. Il s'agit de se rabaisser comme le Christ l'a fait pour pouvoir un jour vivre éternellement avec la race d'Adam, autrefois séparée de Lui. S'humilier comme Jésus, c'est la capacité à mettre ses propres honneurs et la gloire qu'on mérite de côté, le but étant de préserver un lien perpétuel, une communion parfaite avec l'être tant aimé. En effet, s'il y a une chose sur laquelle il faut veiller à ne jamais céder au sein d'une relation, c'est la communion et une atmosphère sereine. Une union sans communion implique intrinsèquement une absence de relation. Si aujourd'hui vous arrêtez de parler à Dieu par le moyen de la prière, le moment où vous vous éloignerez de Lui ne saurait tarder. Votre amour et votre relation en prendront un coup. Vous commencerez à commettre des actes qui Lui causeront du tort, car votre relation brisée finira par s'effriter et perdre en amour. Or, dans un couple, pour que ce lien continue à exister, il faut un travail profond sur la communication, sur l'orgueil de chacune des parties et un travail sur le renoncement de soi.

Sans nous en rendre compte, nous venons là d'illustrer les deux plus grands piliers d'un mariage aussi stimulant qu'heureux et qui dure dans le temps : la soumission et l'amour ainsi que l'humilité et le pardon.

INTRODUCTION

Le mariage est un sujet qui éblouit et intrigue tout un chacun, notamment la gent féminine. Nous étions, mes amies et moi, il y a encore quelques années, parmi celles qui avaient en horreur ce fameux mot mariage… À la résonance de ces syllabes, combien de sentiments de mépris et de tristesse s'élevaient en nous. Comme le grondement d'un tonnerre peut surprendre et faire battre un cœur d'effroi, tel était l'état de nos cœurs, ou plutôt même de nos âmes, quand venait le moment de songer au mariage… Nous avions l'impression d'une pure arnaque où la femme était la plus triste des victimes. Elle en sortait aussi fauchée qu'un rat en pleine guerre.

À la question : « quand vas-tu te marier ? », notre subconscient, qui avait développé une phobie et un dédain, se braquait et commandait à notre cerveau de rester sur la défensive. Car au fond, une colère mêlée étroitement à une peur incommensurable à l'égard du mariage avait fini par malheureusement s'installer. Par conséquent, nous sommes devenues des femmes aux grandes ambitions, de ces femmes qui avaient la rage de réussir et de s'en sortir pour ne jamais vivre l'humiliation, le déshonneur, la pitié, la destruction que pouvait causer un mauvais mariage, des femmes qui refoulaient sans état d'âme leur besoin d'être véritablement aimées et chéries, puisque rien de tel n'avait pu être ressenti au cours de leur vie. Longtemps réfugiées dans nos passions, nos hobbies, nos études et nos carrières, le mariage était donc un non-sujet.

Puis, un jour, l'Amour a su se faufiler et entrer dans nos vies telle une fumée qui entrerait dans une maison malgré les portes fermées. Nous avons rencontré Celui dont l'essence même était et est l'Amour. Celui dont le « Je t'aime » était et est parfait. Nous avons rencontré Celui qui a été capable d'aimer les personnes les plus hideuses et méprisables. Celui-là aime, non par contrainte, mais parce qu'Il ne peut simplement s'empêcher d'aimer. C'est Sa nature. Il est si doux, si patient, si aimable, si compatissant et miséricordieux. Puis cet Être a commencé à faire un travail en nous. Un travail d'une remarquable splendeur qui, petit à petit, nous a façonnées de l'intérieur vers l'extérieur.

De cette rencontre est née une nouvelle vision de la vie, une lumière dont le plus profond obscurantisme ne pourrait faire vent debout. Cette lumière nous a éclairées et montré qu'il y avait une autre manière de faire, une manière de vivre autre que celle que nous avions toujours connue. Nous avons décidé de lui faire confiance. Soudain, nos vies ont commencé à prendre une nouvelle tournure. Nous étions devenues nous-mêmes des personnes amoureuses. Amoureuses de cet Être majestueux. Comment vous dire qu'une telle rencontre ne peut vous laisser inchangée ? Nous qui étions amères, frustrées, aigries, nous voilant la face, étions enfin des personnes joyeuses, reconnaissantes et paisibles. Cet Homme a fait de mes amies et moi des êtres totalement régénérés. Et depuis, Il nous a demandé de vivre et de transmettre cet amour. Savez-vous qui était cet Homme ? Cette lumière n'était et n'est rien d'autre que le Seigneur Jésus-Christ.

Alors un jour, le Seigneur a promis de nous faire rencontrer des hommes qui eux aussi chemineraient dans Son amour, des hommes qui, bien qu'humains, étaient à l'opposé de tous ceux que nous avions toujours connus. Des hommes véritablement oints par Son Esprit. Le Seigneur Jésus-Christ nous a promis que ces hommes nous aimeraient mais à un tel point… Ils nous respecteraient, feraient de nous leur priorité et nous mettraient sur un piédestal. Chacun d'eux honorerait chacune d'entre nous, en nous prenant dignement en mariage. Ils seraient de véritables gentlemen, gentils et responsables. Grâce à Lui, ils arriveraient à ôter toutes les appréhensions, toute la colère et la peur qui demeuraient autrefois dans nos cœurs. Car : « La crainte n'est pas dans l'amour, mais l'amour parfait bannit toute crainte. La crainte suppose un châtiment, et celui qui craint n'est pas parfait dans l'amour ». (Cf. 1Jn 4:18). Ces hommes auraient la révélation de leur rôle : il n'est pas de bonheur sans sacrifice, et il n'est point d'amour sans la notion de donner. Ces hommes, bien que faibles et ayant des défauts, feraient de leur mieux pour nous rendre heureuses.

Le Seigneur Jésus-Christ nous a cependant imposé une condition, c'est que nous devrions faire comme Lui voudrait. Il nous a donc, en contrepartie, demandé de Lui faire confiance et de Lui obéir. Car Il traite la question du mariage avec la même délicatesse qu'Il traite l'Église. « Or, de même que l'Église est soumise au Christ, les femmes aussi doivent l'être à leurs maris en toutes choses. Maris, aimez vos femmes, comme le Christ a aimé l'Église, et s'est livré Lui-même pour elle, afin de la sanctifier par la parole, après l'avoir purifiée par le baptême d'eau, afin de faire paraître devant Lui cette Église glorieuse, sans tache, ni ride, ni rien de semblable, mais sainte et irrépréhensible. C'est ainsi que les maris doivent aimer leurs femmes comme leurs propres corps. Celui qui aime sa femme s'aime lui-même. Car jamais personne n'a haï sa propre chair ; mais il la nourrit et en prend soin, comme le Christ le fait pour l'Église ». C'est pourquoi l'homme quittera son père et sa mère, et s'attachera à sa femme, et les deux deviendront une seule chair (cf. Ép. 5, verset 24-31).

Le secret pour arriver à vivre un mariage heureux nous était alors donné. À nous donc de chercher comment Lui obéir et comment appliquer dans le mariage entre l'homme et la femme les principes et lois que Dieu utilise dans Sa relation avec chaque croyant. Deux problématiques pour lesquelles cet ouvrage souhaite apporter des réponses et des réflexions concrètes. Ce livre sera donc divisé en cinq parties. La première partie traitera des lois et des généralités à connaître avant de se marier. La deuxième partie donnera des traits caractéristiques permettant de comprendre le fonctionnement de l'homme et de la femme. La partie trois mettra l'accent sur ce qui nous permet d'entrer et de rester en contact, la communication. La partie quatre pointera du doigt les autres domaines à considérer qui influencent le mariage. Enfin, la partie cinq nous montrera comment attirer de façon concrète les bénédictions et privilèges qu'octroie le mariage dans la foi du Christ.

Pourquoi ce livre ?

Par sa définition juridique, un plaidoyer signifie « défendre ou soutenir de vive voix la cause ou le droit d'une partie devant les juges ». Dans le langage courant, un plaidoyer est avant tout une « défense passionnée d'une ou plusieurs personnes, d'une idée, au moyen d'une argumentation ». Cet ouvrage prend donc position sur une idée devenue illusoire pour notre génération : le bonheur et la pérennité dans le mariage. Il s'adresse particulièrement aux cœurs qui aiment ou qui souhaitent véritablement aimer. Car il n'existe point de mariage heureux sans amour. Ce livre est un ensemble de clés pour savoir comment s'y prendre. Il veut démystifier en même temps le mariage dans la foi du Christ. Vous y trouverez donc des actions à mettre en place, différentes manières de faire ou de penser, des éclairages sur différentes situations. Il vous permettra de développer votre capacité à agir, non pas selon la chair ou vos émotions, mais selon la sagesse divine.

Ce livre saura surtout développer votre Foi dans le Seigneur Jésus-Christ. Il vous aidera à croire à ce que dit le Christ sur le mariage et à renouveler votre confiance en Lui.

Nous allons par conséquent entamer notre première partie. C'est une forme de préambule pour vivre un mariage heureux. Il sied ici d'éradiquer l'idée selon laquelle le mariage ne commence qu'une fois les deux personnes vivant ensemble et qu'un mariage heureux ne repose que sur du pur hasard. Tous ceux qui ont vécu heureux dans leur mariage, ont assurément eu connaissance de certains éléments et semé certaines graines qui leur ont apporté des bons fruits dans leur jardin.

PARTIE I – LE MARIAGE, UN HAVRE DE PAIX

Chapitre I – Les vérités oubliées

La société actuelle est essentiellement caractérisée par la désacralisation des institutions de Dieu. Quand nous parlons d'institution, nous visons ici toute norme, toute constitution, toute création établie par Dieu pour répondre à un besoin déterminé. Et le mariage en est un.

Aujourd'hui, les gens se marient et divorcent aussitôt, comme s'il s'agissait d'une simple formalité. Auparavant, dans les années 90, il fallait passer devant un tribunal pour divorcer, fournir des motifs, des preuves. Depuis les années 2000, un simple passage chez un avocat et le divorce par consentement mutuel est prononcé. Certains vont encore plus loin et se marient comme s'ils prenaient part à un jeu. Ils s'inscrivent sur une application, indiquent leurs préférences, leur personnalité et leurs critères. Ensuite, ils laissent une intelligence artificielle déterminer, en fonction des données, l'homme ou la femme avec qui ils pourraient s'entendre. D'autres encore se marient à l'aveuglette et ne découvrent leur partenaire que devant l'officier d'État civil. C'est à ce moment-là que la femme ou l'homme décide, en fonction du physique, s'il y aura mariage ou pas. Ensuite, nous voyons des gens qui se marient, divorcent, se remarient, divorcent et se remarient jusqu'à n'en point finir. Tous ces comportements finissent finalement par réduire le mariage à quelque chose de banal, d'accessible à tous, qu'on peut décider du jour au lendemain. Et puis si ça fonctionne, tant mieux, sinon tant pis, on trouvera un·e autre partenaire. Et puis rebelote.

Or en tant qu'enfants de Dieu, régénérés par l'intelligence divine, nous devons avoir conscience de l'enjeu que représente le mariage. Le mariage est une chose à prendre extrêmement au sérieux. Le mariage peut détruire tout ce qu'un homme ou une femme a si durement construit. Le mariage peut pousser au suicide. Le mariage peut éloigner un vrai serviteur ou une vraie servante de l'Éternel, de Dieu. Et lorsque nous voyons cette apostasie, nous devrions, sans être apeurés, prendre doublement conscience du caractère sacré du mariage et des problématiques qui entourent la vie du couple.

En effet, le mariage est le plus grand défi de notre civilisation, car nous vivons les derniers temps de l'histoire de l'Homme. Et au commencement, dans une certaine mesure, il était question du mariage et puis du divorce. L'être appelé Adam était uni à Dieu avec lequel il vivait en parfaite communion. Ensuite, Ève fut tirée de lui et les deux formèrent le premier couple. Ils vécurent heureux dans le jardin d'Éden et continuellement dans la présence de Dieu, jusqu'à ce qu'un être extérieur vienne semer la discorde. On l'appela le serpent ancien (cf. Gen 3:1). Et si en ce jour-là, une épouse, Ève, a failli ; il n'en serait pas de même pour l'épouse des derniers jours. Il est une prophétie qui déclare que cette épouse du temps de la fin ne faillira jamais. À quel moment vivons-nous donc ? À un moment où chaque fille et fils de Dieu doit être pleinement conscient·e de ses droits et de la façon d'en jouir, surtout dans le mariage. C'est tout l'enjeu de ce « plaidoyer pour un amour éternel ».

Alors, si l'on se marie ou que l'on aspire au mariage, au moins quatre vérités sont à retenir :

I. Un monde plutôt surnaturel et métaphysique que naturel

Le monde, ou l'Univers tel qu'il a été créé, est avant tout surnaturel. « Puis Dieu dit, créons l'homme à notre image » (Gen 1:26). L'ensemble des principes et lois qui régissent ce monde sont d'ordre spirituel. En ce sens, il existe un monde métaphysique autour du monde physique dans lequel nous, humains, cohabitons. Certains appellent cela le monde des esprits, d'autres les différentes dimensions, d'autres les cieux (cf. 2 Cor 12:2). Ce monde spirituel est régi par deux puissances, celle de Dieu et celle de Satan. Et cette réalité, nonobstant le nom qu'on lui attribue, a toute son importance dans le mariage. Cela signifie que nous ne nous lions pas seulement à un être physique mais aussi à un être doté d'une réalité spirituelle. Car l'être humain est tripartite : le corps, notre partie physique et visible par tous ; l'âme, notre vraie identité et l'esprit, le centre de nos cinq sens. Or si avec ces cinq sens, nous pouvons entrer en contact avec le corps d'une personne (le voir, le toucher, l'entendre…), arriver à percevoir son esprit (bon ou mauvais), il nous est impossible de sonder son âme. Les cinq sens ont donc cette limite, celle de ne pas pouvoir voir le monde métaphysique, même s'ils peuvent parfois le sentir.

À cet effet, le choix de notre époux·se ne saurait s'arrêter sur des critères purement physiques. Ce choix ne saurait être juste et bon, en l'absence d'une intervention divine pour nous éclairer sur la véritable identité de celui qui veut partager notre vie. Pour cette raison, il est impératif de prier pour notre futur·e partenaire. Demander la volonté du Seigneur, c'est s'assurer d'avoir l'avis de celui qui a créé votre partenaire, son âme et qui connaît l'implication du monde métaphysique dans la vie humaine.

Or, il est de coutume que nous nous focalisions d'abord, et trop souvent, sur les critères physiques. Il est évidemment indispensable d'épouser quelqu'un qui nous plaît, quelqu'un que nous trouvons beau à voir. Sinon, c'est le droit chemin vers la convoitise puis l'adultère. D'ailleurs, il y a tout un livre dans la BIBLE consacré à la louange de l'amour et de la beauté de notre bien aimé·e. Ce livre met un vrai point d'honneur sur les critères physiques de l'être aimé. Cantiques des Cantiques 4 loue la beauté d'une future fiancée: « Que tu es belle, mon amie, que tu es belle! Tes yeux sont des colombes, derrière ton voile. Tes cheveux sont comme un troupeau de chèvres, Suspendues aux flancs de la montagne de Galaad. Tes dents sont comme un troupeau de brebis tondues, qui remontent de l'abreuvoir; (...). Tes lèvres sont comme un fil cramoisi, Et ta bouche est charmante; Ta joue est comme une moitié de grenade, derrière ton voile. Ton cou est comme la tour de David, bâtie pour être un arsenal; Mille boucliers y sont suspendus, (...). Tu es toute belle, mon amie, et il n'y a point en toi de défaut. Tu me ravis le cœur, ma sœur, ma fiancée, Tu me ravis le cœur par l'un de tes regards, …)».

Le cantique 5 à son tour loue la beauté et les charmes du futur fiancé : « Qu'a ton bien-aimé de plus qu'un autre, O la plus belle des femmes? Qu'a ton bien-aimé de plus qu'un autre, Pour que tu nous conjures ainsi? Mon bien-aimé est blanc et vermeil; Il se distingue entre dix mille. Sa tête est de l'or pur; Ses boucles sont flottantes (...). Ses yeux sont comme des colombes au bord des ruisseaux, se baignant dans le lait, reposant au sein de l'abondance. Ses joues sont comme un parterre d'aromates, une couche de plantes odorantes; Ses lèvres sont des lis, d'où découle la myrrhe. Ses mains sont des anneaux d'or, Garnis de chrysolithes; Son corps est de l'ivoire poli, Couvert de saphirs; Ses jambes sont des colonnes de marbre blanc, (…). Son aspect est comme le Liban, Distingué comme les cèdres. Son palais n'est que douceur, et toute sa personne est pleine de charme. Tel est mon bien-aimé, tel est mon ami, Filles de Jérusalem! »

Alors dire que la beauté n'est pas importante au sein d'un couple, serait une énorme fausseté. Nous trouvons également plusieurs passages bibliques où il est indiqué comment l'être était beau. (Voir la description de Saul, de David, de la Reine Esther). Il est donc important d'épouser quelqu'un qui vous plaît au minimum physiquement. Vous ne pourriez peut-être pas le décrire avec autant de prouesse que le fait Salomon. Vous ne pourriez peut-être pas trouver tous les critères que vous souhaitez, mais vous trouverez assurément certaines caractéristiques physiques qui feront votre satisfaction.

En réalité, c'est de ça qu'il s'agit. Vous devrez être satisfait·e en regardant votre partenaire. C'est inévitable. Adam en regardant Eve pour la première fois, s'exclama : « oh my ! Voici enfin !!! Chair de ma chair, Os de mes Os ». Ces yeux furent enfin satisfaits après tout ce temps passé à ne voir que des animaux. Il venait enfin de trouver quelqu'un avec qui il pouvait se projeter, même physiquement !!!

Un couple d'amis nous a donné son témoignage à ce propos. L'époux souhaitait avoir une femme avec des cheveux longs crépus, une femme grande de taille et intellectuelle qui portait des lunettes. En réalité, sa femme a tout sauf de longs cheveux mais malgré cela, il est pleinement satisfait. Car au final, la question à se poser est de savoir en quoi voir votre femme avec des cheveux longs, vous aurait rendu plus heureux? Elle peut d'ailleurs en rajouter grâce à des extensions. C'était donc un critère accessoire.

La femme quant à elle, voulait un homme très grand de taille, tendre, avec des pieds droits « oui il y en a des critères !!! ». Mais son homme est à peine plus grand qu'elle et est assez maladroit. Mais elle s'y plaît très bien. Alors en quoi quelques centimètres de plus auraient-ils fait la différence ? Ils ont finalement compris qu'ils pouvaient se passer de certaines caractéristiques qu'ils croyaient nécessaires pour être heureux. Ainsi, il est important de se connaître soi-même. Car nous avons une vision biaisée sur des choses qui nous rendent réellement heureux·se. Il en faut peu pour l'être en réalité. Les cadeaux de Dieu ne sont pas souvent emballés comme nous nous y attendons. Car Dieu regarde aux cœurs (Cf. l'épopée sur le choix de David en tant que roi). La personne qui vous conviendra, bien que n'ayant peut-être pas tout ce que vous souhaitiez avoir, aura largement de quoi vous satisfaire. Vous vous imaginerez facilement dans ses bras, vous aimeriez être là où elle est.

Nous ne devrions donc pas nous fier qu'au physique. L'être humain évolue et change. Les critères d'une jeune adolescente ne sauraient être pareils à ceux d'un jeune homme ou d'une jeune femme de 30 ans, ni de 35 ans ni de 45 ans. Pourquoi se marier que sur du physique qui est changeant alors que notre âme, notre vraie nous est intemporel?

L'identité spirituelle que nous portons fait de nous une cible pour le monde obscur. Tout homme ou toute femme n'est donc pas forcément bien pour vous, qu'importe si en le voyant ou en la voyant, vous débordez d'inspiration au point d'écrire un second livre de cantiques des cantiques. C'est dur à entendre, mais c'est pourtant la vérité. Nabal, nous indique la Bible, était fou et n'était pas un homme bien pour Abigaïl (cf. 1 Sam:25). Si deux personnes ne sont pas de même nature, il y a forcément conflit. Ainsi, cherchons à connaître l'identité réelle, la partie intrinsèque de la personne avant de nous engager. La lumière ne peut cohabiter avec les ténèbres (cf. 2Cor6:14). Nous ne nous lions pas que physiquement, mais aussi spirituellement ; l'Homme étant avant tout un être spirituel. Nous chrétiens, venons de ce royaume différent qui nous oblige à faire attention à l'identité spirituelle de notre partenaire.

Le deuxième point dans cette optique, est que cette réalité métaphysique aura un impact dans notre foyer. Toutes les choses vécues ne seront pas toujours d'ordre physique. Nous sommes dans une spirale, un royaume où les démons sont maîtres et veulent nous infliger tous les torts possibles. Le diable trouve un malin plaisir à exercer une pression sur les chrétiens par l'intermédiaire de notre entourage, de nos collègues de travail, de nos amis, de notre belle famille, des gens d'Église. Toute chose qui n'est pas née de Christ peut être une source de pression, car plus susceptible d'exciter notre chair que notre être intérieur. Il nous faut savoir réguler nos émotions et ne jamais réagir à chaud, car c'est là le but même d'une pression. Sachez donc prendre du recul et de la hauteur sur les situations que vous vivez.

Être conscient·e de l'existence de ce monde métaphysique nous permet finalement de discerner et d'agir avec sagesse. Cela nous aide également à reconnaître les attaques de l'ennemi. Car Satan ne nous combat pas, il ne combat pas non plus le mariage, il combat le Dieu qui a institué le mariage et ce Dieu que nous honorons. Ce n'est pas notre bataille. C'est pourquoi il nous appartient de rester cachés derrière la Bible, la parole de ce Dieu, car c'est la seule chose qui vaincra Satan et son royaume. Peu importe quand et où.

II. Le caractère divin de l'amour véritable et de la soumission

L'apôtre Paul, dans la Bible, (cf. Éph 5) établit au sein du couple la loi de l'amour et la loi de la soumission. Il institue ces deux lois comme étant des responsabilités qui incombent à chaque partenaire. « Maris, aimez vos femmes, comme Christ a aimé l'Église et s'est sacrifié pour elle. Femmes, soyez soumises à vos maris, comme vous l'êtes au Seigneur ». Il se fonde sur la relation spirituelle que nous avons avec le Seigneur et l'érige en modèle parfait. La deuxième vérité oubliée est donc la suite de la première. L'amour et la soumission de la femme sont de nature divine.

Premièrement, selon Paul, le mariage a pour fondement fondamental l'amour. Vous devrez être sûr·e d'aimer celui·celle que vous prenez comme partenaire de vie. Il est essentiel, sinon indispensable que cet amour ne soit pas qu'un simple coup de foudre. Il sied de vous assurer que votre cœur, votre corps et votre âme s'amourachent de cette personne, au point où vous ne saurez vivre sans elle. Son absence dans votre vie créera un vide qui vous fera perdre la tête, ou que rien ni personne ne saura combler. Cantiques de cantiques 5: « Je vous en conjure, filles de Jérusalem, Si vous trouvez mon bien-aimé, Que lui direz-vous?... Que je suis malade d'amour (...), Détourne-moi tes yeux, car ils me troublent ».

Comment sauriez-vous que vous aimez sincèrement cette personne ? Vous ne lui souhaitez que du bien et vous vous sentez incapable de lui faire quoi que ce soit de mal. Vous souhaiteriez vivre à ses côtés, partager le restant de votre vie ensemble peu importe les conditions. Vous aimez être en sa présence, cela vous rassure, vous apaise et vous fait tellement du bien. Vous l'aimez tellement, que vous avez du mal à voir ses défauts et même quand vous les voyez, vous savez passer outre, car le vrai amour couvre une multitude de péchés. Cet amour doit être un amour sincère, désintéressé basé sur des motifs justes et sans ambiguïté. Car le mariage est une union où l'on vit pour donner à autrui. Et si vous n'avez pas d'amour pour cette personne, que lui donnerez-vous ? Du mépris, de la méconnaissance, des injures, de l'inattention et tout ce qui est l'opposé de l'amour véritable.

Ensuite selon Paul, on doit aimer comme Christ. Personne ne peut réellement aimer et véritablement obéir s'il ne se repose pas sur l'exemple du Christ. Or, le Christ est divin. Nous devons alors dénicher cet amour et cette soumission divine pour arriver à vivre le mariage que Dieu souhaite pour Ses enfants. Aimer divinement, c'est arriver à reconnaître qu'on aime d'abord parce que c'est un commandement de Dieu. Aimer divinement, c'est aimer sans condition. On n'aime pas parce qu'elle ou il mesure un mètre quatre-vingts et a les yeux verts. Quid quand elle ou il sera vieille ou vieux ? Quand elle ou il n'aura plus de jambes à la suite d'un accident ? Roger et Lilcina étaient mariés depuis 15 ans. C'était l'amour fou. Un amour si sincère, que même en 10 ans de mariage, ils étaient si heureux et amoureux que leur vie en rayonnait. Ils dégageaient le bonheur, ça pouvait se lire dans leurs yeux. Ils aimaient rigoler, se toucher les cheveux, le bout des oreilles quand ils discutaient. C'était un couple et une famille soudés, paisibles. Soudain, du jour au lendemain, Lilcina perdit l'usage de ses jambes. Traitements, prières, kinés, rien n'y fit. Cela fait maintenant plus de 7 ans qu'elle est sur une chaise roulante. Et le couple apprend malgré tout à composer avec cette réalité et à rester amoureux.

On aime divinement parce qu'on a le Christ en nous et Sa nature vient prendre le dessus. On aime notre partenaire, parce qu'on ne peut s'empêcher d'aimer, il n'y a en réalité aucune autre raison. Car si votre amour est conditionné, le jour où la condition n'existera plus, vous cesserez d'aimer. C'est pour cela qu'il nous faut aimer comme le Christ aime. Cela donnera une stabilité à votre amour. Votre amour ne sera pas changeant en fonction des événements extérieurs, en fonction du comportement de votre partenaire, en fonction de son physique. Aimez divinement, vous donnera assez d'amour, même lorsqu'elle ou il sera malade ou vous décevra. Cet amour vous donnera assez de force pour pardonner sincèrement les méfaits de votre partenaire. Comme Christ nous a aimés sans prendre en considération notre état de péché, il nous a pardonné et a travaillé de telle sorte que nous puissions lui ressembler un jour.

Quant à la femme, Paul dit qu'elle soit soumise comme elle l'est au Seigneur. Se soumettre, c'est obéir. C'est cet acte qui consiste à mettre ses propres décisions de côté et à accepter les décisions de celui à qui on obéit. Cette soumission a deux facettes.

D'abord, la femme qui se sait aimée est celle qui se soumet. Nous nous soumettons à Christ, nous voulons obéir et vivre comme Lui, parce que nous avons au préalable fait l'expérience de Son amour. Cet amour s'est manifesté une bonne fois par le sacrifice de Golgotha. Il a accepté de mourir, Il a souffert, Il s'est blessé, Il a été humilié, ridiculisé, martyrisé pour nous. Lui qui était le créateur, Lui qui était et est Dieu fait chair. Comment ne pas croire en de tels actes d'amour ? Alors cet amour est si évident, qu'il n'y a plus rien, que nous ne puissions pas faire pour plaire au Seigneur. Être soumise comme on l'est au Christ, devient donc un super-pouvoir. Cela vous donne assez d'amour, de force, de patience et de courage pour obéir. Car nous savons qu'Il nous a toujours voulu du bien et Il l'a toujours manifesté. Ainsi, on obéit plus facilement lorsque l'amour de l'époux devient une certitude. De la même manière qu'on obéit lorsque c'est l'heure de la prière, lorsqu'il faut donner son offrande, lorsqu'il faut arrêter tel péché, ces choses ne représentent plus grand-chose face à ce que Christ a fait pour nous. Alors, nous obéissons.

Ensuite, la soumission divine va même plus loin, elle est un ordre du Seigneur. Lorsque la femme reconnaît qu'elle est soumise parce cela plaît d'abord au Seigneur, sa soumission devient une soumission constante. Elle ne dépend pas du fait que l'homme ait un emploi ou pas, qu'il occupe un poste à haute responsabilité ou qu'il fasse des « petits boulots » à gauche et à droite. Cela n'est plus tributaire de ce que l'homme peut faire ou ne peut pas faire. La soumission divine est une soumission désintéressée.

On n'y arrive pas le jour même du mariage ni un mois après. C'est un cheminement, un apprentissage perpétuel comme on apprend à se soumettre au Christ. On passe d'étape en étape.

Par exemple, le Christ veut que vous arrêtiez de fumer, c'est dur, mais vous allez finir par le faire. Trois mois après votre conversion, le Christ veut que vous changiez votre manière de parler ou de vous vêtir, votre garde-robe. Le Christ veut que vous vous lanciez dans tel projet alors que vous n'en avez pas les moyens, ça paraît fou, mais vous allez le faire. Parce que la soumission repose sur l'amour du Christ. Vous êtes conscient·e de l'amour grandiloquent qu'Il vous porte et vous avez la conviction qu'Il ne vous voudra jamais du mal. Et plus vous acceptez de vous soumettre à des petites demandes, plus vous arriverez à vous soumettre à de plus grandes demandes.

Chaque couple doit travailler de telle manière à tendre vers cet amour divin et cette soumission divine. Nous parlons de « tendre vers », car malgré la nature divine, vous et votre partenaire demeurez des êtres imparfaits qui s'aiment et qui veulent bâtir quelque chose ensemble. Un couple d'amis, Martin et Céline, eurent une dispute. Céline était très dure envers Martin. Alors ce jour-là, Martin tout triste lui dit « tu sais, je n'ai jamais dit que j'étais parfait, je fais de mon mieux pour te rendre heureuse. Mais si tu veux que je sois parfait, laisse-moi du temps pour y arriver ».

Vous devez donc être patients l'un envers l'autre. Il ne sera pas rare que des choses ne se produisent pas ou ne se réalisent pas de la manière attendue. Il faut parfois accepter de s'être trompé·e. Acceptez aussi que les plus grands projets prennent parfois du temps à se mettre en place : Dieu a pris sept jours pour créer l'univers alors qu'Il pouvait le faire en quelques secondes. Et plus loin la Bible nous enseigne qu'un jour est égal à mille ans devant Dieu, soit Dieu aurait pris sept mille ans pour créer !!! Sachez relativiser, aimer à chaque instant, pardonner en tout temps et recommencer, toujours.

III. La loi de la construction

La Bible, dans Proverbes 14 verset 1, nous explique clairement que : « La femme sage bâtit sa maison, et la femme insensée la renverse de ses propres mains. » Sans sagesse, aucun mariage ne peut perdurer. Or, la crainte du Seigneur est le commencement même de la sagesse. Et la Bible nous dit, (Cf. Ps 25'12): « Quel est l'homme qui craint l'Éternel ? L'Éternel lui montre la voie qu'il doit choisir. Son âme reposera dans le bonheur, et sa postérité possédera le pays. L'amitié de l'Éternel est pour ceux qui le craignent, et son alliance leur donne instruction. » La crainte de l'Éternel assure donc à la femme qui la possède, non seulement un bonheur, mais aussi le repos dans le bonheur. Cette idée sous-entend un bonheur qui s'inscrit dans la durée, qui ne se trouble point malgré les réalités parfois perplexes. Cette crainte vous donne accès à l'intimité de Dieu, Dieu devient votre ami. Par conséquent, Il vous soutient et vous conduit divinement vers les choix à faire.

Aussi, par extension, la véritable sagesse réside dans le fait de connaître et d'agir selon les principes que Dieu a établis. Ces principes, comme dit plus haut, sont des lois qui gouvernent ce monde, ce qui signifie que toute personne qui connaît et bâtit selon les lois finit par avoir du succès. N'avez-vous pas remarqué que nos grands-parents vivaient plus longtemps dans leur mariage que nos générations actuelles ? Ils n'étaient pas forcément chrétiens. Ils avaient la connaissance des principes qui régissent ce monde. Nos parents connaissaient par exemple le respect des aînés, la discrétion, l'importance de l'amour maternel pour les enfants. Ce sont des lois qui, une fois appliquées, finissent par procurer des résultats. Nous ne disons pas par-là que le modèle de vie de nos grands-parents est un exemple en tous points. Mais, admettons-le, ils avaient des valeurs et des principes que nous ne retrouvons guère actuellement dans la société tout comme dans nos foyers.

La Bible nous parle de bâtir. Avez-vous déjà vu le propriétaire d'une maison en construction bâtir avec négligence, sans objectifs ni vision ? Jésus, dans Luc 14, nous interpelle : « Lequel de vous, s'il veut bâtir une tour, ne s'assied d'abord pour calculer la dépense et voir s'il a de quoi la terminer, de peur qu'après avoir posé les fondements, il ne puisse l'achever, et que tous ceux qui le verront ne se mettent à le railler, en disant : Cet homme a commencé à bâtir, et il n'a pu achever. »

La construction d'une maison ne se fait pas à la hâte, elle n'est pas le fruit du hasard. Nous pouvons ici distinguer trois grandes étapes dans Ses propos : une phase « avant construction », une phase « pendant construction » et une phase « après construction ».

1. La phase « avant construction »

Jésus commence par le fait de s'asseoir, ce qui met l'accent sur l'importance de prendre du temps pour réfléchir en amont. Cette réflexion donnera lieu à une vision précise qui entraînera l'établissement d'une méthodologie. Cette méthodologie sera inscrite dans un plan qui permettra d'atteindre l'objectif prévu. Toujours dans cette phase de réflexion, il faut penser au « calcul de la dépense ». Or, un calcul se fait par un ensemble d'opérations – addition, soustraction, multiplication ou division –. Ici, l'homme réfléchit sur comment et par quels moyens, il mettra à exécution son plan de façon concrète. C'est durant cette étape qu'il peut analyser ses finances par rapport au résultat escompté. Aura-t-il suffisamment d'argent pour terminer la construction ? Cette confrontation lui permettra ensuite de prévoir et d'anticiper afin que rien n'entrave son plan.

Aussi c'est à cette étape que les fréquentés ou les futurs époux commencent à se rendre compte de leurs défauts et qualités. Ils se mettent par exemple à supprimer tout comportement qui pourrait complexifier leur future vie de couple. Ils additionnent leur force, ajustent leur vision de vie et multiplient au contraire les actions qui les feront avancer.

Vous remarquerez que c'est un cheminement au cours duquel une étape franchie permet d'atteindre la prochaine qui permet d'arriver à l'étape suivante et ainsi de suite. Chacune de ces étapes est donc indispensable et la toute première est la plus décisive. Ainsi, le temps pris pour la réflexion avant de pouvoir fréquenter quelqu'un, se fiancer et faire de lui ou d'elle son époux·se jusqu'à la fin de la vie est le plus important et demande beaucoup d'objectivité.

Ici, l'être qui souhaite se marier doit vérifier ses motifs, ses bases, ses intentions, son honnêteté aussi bien envers sa propre personne qu'envers la personne qu'elle souhaite prendre comme partenaire de vie. Car cela sera décisif pour la suite.

2. La phase « pendant la construction » : La loi des commencements

Ici, Jésus nous dit qu'après avoir réfléchi, « il faut poser les fondations ». C'est le moment le plus important dans la construction. Les fondations en effet « constituent la partie d'un ouvrage qui a pour objet de transmettre et de répartir les charges sur le sol ». Les fondations assurent la solidité de la maison. Elles « garantissent la stabilité de la construction dans le temps en répartissant de manière cohérente les charges ». Ici, nous commençons à sortir de l'abstrait et à entrer dans le concret. C'est à ce moment que l'on construit les bases en octroyant une force particulière à chaque partie du sol pour lui permettre d'assumer ses responsabilités et le poids de la maison qui lui reviendra. On identifie clairement les rôles de chaque partie de terre et on construit chacune des parties en fonction du poids qu'elle portera.

À ce moment-là, la partie bâtie pour recevoir la salle à manger, par exemple, ne se rend pas du tout compte du poids qu'elle devra porter mais puisqu'elle est bâtie selon les normes, elle est par conséquent solide. Elle n'aura aucun mal à remplir son rôle. Or, il en est de même pour la femme qui souhaite bâtir. La fondation de votre maison doit être faite selon les normes de la Parole. Elle ne doit pas être une maison construite sur du sable mouvant, sur des choix éphémères ou émotifs mais plutôt construite sur le roc séculaire qu'est le Christ. Les normes de construction sont la Parole de Dieu et ses principes. Y déroger, c'est construire lamentablement une maison qui tôt ou tard, finira par s'effondrer. Par exemple, ne pas se marier par amour, mais parce que la personne a une stabilité financière, administrative ou parce qu'on vous l'a proposé ou on vous a un peu forcé. La loi des commencements veut que tout ce qui commence par de faux motifs, de fausses bases, finisse mal. Votre passé vous rattrapera. Car dans toute construction, humaine ou surnaturelle, vient un temps où les fondations sont éprouvées.

En France, le droit a mis en place une garantie qui s'appelle la garantie décennale. Elle oblige le constructeur d'une maison à prendre à sa charge et à ses propres frais les défauts de construction qui apparaîtront dans un délai n'excédant pas dix ans à partir de la construction. Or, ce qu'un homme bâtit il peut toujours s'en dédouaner.

Mais lorsqu'un couple bâtit sur les préceptes du Christ, le Seigneur est à jamais votre débiteur. Il saura répondre présent à chaque fois que des fissures apparaîtront sur vos murs, et ce, jusqu'à la fin de votre vie terrestre. Car Sa parole dit (Cf. Ps 127:1 « Si l'Eternel ne bâtit la maison, ceux qui la bâtissent, y travaillent en vain » « Lorsqu'on tourne vers Lui les regards, on est rayonnant de joie et on trouve dans nos cœurs des chemins tout tracés… » (cf. Psaumes 34:5). Que ceux qui mettent en Lui leur confiance ne sont jamais dans la confusion (couverts de honte). Alors quelle belle opportunité s'ouvre à nous ! Quel glorieux privilège que de pouvoir bâtir un foyer avec l'assurance bénie que Dieu nous devra son secours car nous avons bâti selon Ses recommandations divines (prière, abandon total à Sa volonté, actions selon les principes divins, etc.).

3. La phase « après construction » :
La rénovation

Après la construction vient une période de repos. Cette période est le temps où l'on jouit de notre construction et du travail acharné. Des mois, des années vont s'écrouler. Petit à petit, des éléments vont se casser, se détruire, se détériorer par usure. Si vous refusez de changer cette ampoule grillée, cette fenêtre cassée, vous manquerez de profiter totalement de votre maison. Dans le mariage, c'est pareil. Certaines situations vont casser des choses que vous avez construites, votre communication, votre transparence l'un envers l'autre… Vous serez obligé·e de procéder à une réparation sans attendre. Vous ne devrez donc pas laisser la négligence s'installer.

Aussi, plus un bâtiment vit, plus il s'amortit, et ce, peu importe la qualité des soins apportés. Certaines situations ne dépendront pas de vous deux. Peu importe votre degré de propriété, vous ne serez jamais à l'abri de la rénovation d'une façade, d'un mur. La poussière, la pluie, le soleil, tant de facteurs qui ne vous laisseront pas d'autres choix que de procéder à une rénovation ! Au sein du mariage, la rénovation revalorise, embellit, amène une fraîcheur que la réparation ne permet pas. N'ayez donc pas peur de rénover. Quand une situation vous semble insurmontable, peut-être que la réparation ne suffira pas, rénovez donc la totalité, reprenez depuis les bases et refaites totalement ce qui doit être refait.

Si votre radio ne fonctionne plus, vous essayerez de faire de la maintenance en changeant de pile ou de batterie. La rénovation, elle, va plus loin, il s'agit de changer la couleur de la peinture, remplacer des touches qui rendront cette radio neuve, comme le jour où vous l'avez acquise. L'appareil sera toujours le même. En le regardant, vous vous rappellerez d'où il vient, le temps passé à écouter de belles mélodies. Mais en même temps, sa nouvelle fraîcheur vous donnera assez de joie et d'espoir pour croire qu'elle tiendra encore longtemps. Faites de même pour votre mariage, une fois la construction finie, réparez et rénovez sans jamais vous lasser.

IV. La vie de l'homme est courte et sans cesse agitée

La vie de l'homme est faite d'incertitudes et de perplexité. C'est pour cela que le Seigneur nous a promis une paix infaillible en tout temps, Sa présence est un refuge pour quiconque le veut. Mais n'empêche, il existe une loi dans la Bible, la loi des cycles. Ecclésiaste 3;1 énonce : « Il y a un temps pour tout, un temps pour toute chose sous les cieux : un temps pour naître, et un temps pour mourir; un temps pour planter, et un temps pour arracher ce qui a été planté, un temps pour tuer, et un temps pour guérir ; un temps pour abattre, et un temps pour bâtir ; un temps pour pleurer, et un temps pour rire ; un temps pour se lamenter, et un temps pour danser ; un temps pour lancer des pierres, et un temps pour ramasser des pierres ; un temps pour embrasser, et un temps pour s'éloigner des embrassements. »

C'est pourquoi Job pouvait renchérir (cf. Job 14:1) : « L'homme né de la femme, sa vie est courte et sans cesse agitée. » Une autre version de la bible (cf. Parole de vie) dit : « L'homme né de la femme est de peu de jours et rassasié de trouble. » Cette agitation peut être d'une certaine gravité ou pas. Il sied d'être conscient·e que cette réalité influence même la vie de couple. Tous les jours ne seront pas roses, et vous n'aurez pas envie d'assumer vos responsabilités tous les jours. Alors quelque chose ne va pas ? On se calme, ce n'est pas la fin du monde. Vos fondations sont solides. Dites-vous que tout ce que vous vivez aujourd'hui a été vécu par d'autres couples qui sont passés par là. Et vous savez quoi ? Ils s'en sont sortis. Ainsi, pensez « solution » et non « problème ».

Demandez-vous comment allez-vous vous en sortir au lieu de rester inlassablement dans le pourquoi vous en êtes là.

Dans cette même optique, la loi des saisons influencera également votre foyer. De la même manière que les saisons se succèdent, vous aurez votre hiver, ce moment où tout est froid, semble pénible, bloqué, gelé. Ne restez pas dans le froid sinon vous mourrez. Habillez-vous plutôt d'un vêtement adéquat qui vous permettra d'être au chaud, bien que vous traversiez un hiver. Car en réalité, cette loi des saisons est là pour vous permettre de tirer le meilleur de chaque saison et de profiter de chaque instant de votre couple. La joie et les promesses du Seigneur n'ont aucune saisonnalité. Alors, vivez à fond, car à chaque jour suffit sa peine et il existe un jour pour tout sous le soleil.

En somme, nous aimerions planter ces concepts comme jalons dans vos vies afin de vous aider à ne pas croire que la difficulté que vous traversez dans votre vie de couple aujourd'hui ou demain est éternelle. Vous rencontrerez des moments dits sombres dans votre foyer. Or, lorsque vous êtes enfant de Dieu et que vous avez pour pilier Sa parole, Dieu a le devoir, et plus encore Il a l'obligation, de vous donner plus de jours heureux que de jours tristes. Tant de bénédictions sont citées dans la Bible concernant la vie d'un chrétien. Mais Dieu a voulu marquer le coup et insister en vous rappelant le principe selon lequel « celui qui trouve une femme, trouve le bonheur » (Proverbes 18:22). Alors, Dieu vous dit (cf. 1 Rois 11:38) : « Si tu obéis à tout ce que je t'ordonnerai, si tu marches dans mes voies et si tu fais ce qui est droit à mes yeux, en observant mes lois et mes commandements, comme l'a fait David, mon serviteur, je serai avec toi, je te bâtirai une maison stable, comme j'en ai bâti une à David, et je te donnerai Israël. »

Parce que Dieu a voulu que vous lisiez ce livre aujourd'hui, prenez cette promesse comme la vôtre, serrez-la dans votre cœur et elle vous servira de poteau d'attache lorsque vous devrez faire face à des embûches. Il a promis de vous bâtir une maison stable, Il a promis de vous donner le bonheur et bien plus, qu'avez-vous à faire ? Demeurez dans l'obéissance et regardez.

C'est à vous d'écrire : quelles décisions avez-vous prises après la lecture de ce chapitre ?

Chapitre II – Le mariage chrétien, un acte de foi

La première des choses que nous aimerions que vous compreniez est que le mariage en Christ est une question de Foi : il faut croire tout d'abord que vous méritez le bonheur au sein de votre couple et qu'il n'y a pas trente-six solutions. Tous ceux qui sont mariés, qui aspirent au mariage, doivent faire taire toutes les voix obscures qui poussent à croire que les mariages heureux n'existent plus. Nous constatons environ huit mariages tristes sur dix autour de nous pour donc deux mariages heureux. Énormément de personnes ont grandi dans un environnement où le mariage sonnait comme un tsunami venant détruire des vies. D'aucuns n'ont jamais eu l'occasion de connaître un foyer exemplaire. Tout cela nous conditionne directement ou indirectement pour craindre l'engagement du mariage, ce qui n'est que normal. Votre environnement vous façonne. Or, vous devez avoir foi en la Parole de Dieu, car rassurez-vous, Dieu ne peut jamais manquer de témoin. Aussi longtemps que les mariages cancérigènes existeront, les mariages bénéfiques et heureux seront également présents. Vous devez vous focaliser sur ces derniers.

Pour ce faire, acceptez la Parole de Dieu et refusez l'idée selon laquelle votre mariage connaîtra les mêmes problèmes que 99 % des autres. Refusez qu'il finisse en échec. Refusez qu'il soit, comme pour beaucoup, un tombeau blanchi, où à l'extérieur tout est blanc, mais à l'intérieur, nous ne trouvons que du vide. Ainsi, la seule chose qui empêcherait le divorce du couple serait l'amour que la mère porte à ses enfants, qui la contraint à rester près de ses petits et à se sacrifier pour eux telle une biche accepterait de se laisser livrer à un chasseur au péril de sa vie pour permettre à ses petits de grandir dans de meilleures conditions. Non, ça aussi, refusez-le.

D'abord, toutes les histoires ne se ressemblent pas. Non pas que ce soit de l'orgueil, mais soyez fier ou fière du Dieu qui agit dans votre vie, acceptez et croyez que votre histoire, la vôtre, est différente. Pourquoi ? À cause de l'alliance inconditionnelle et particulière que vous avez avec votre Dieu.

Toutefois, pour bénéficier de la protection, les bénédictions et faveurs que crée l'alliance, cela suppose que cette alliance soit premièrement établie. Elle doit être certaine et existante avant toute chose et avant même le mariage. Si ce n'est pas encore le cas, si vous n'avez pas encore une alliance personnelle avec le Seigneur Jésus-Christ, il est de votre droit de la développer et de jouir des pépites que Dieu réserve aux siens.

Avoir une vie heureuse est une promesse de Dieu. Et comme toute promesse divine, sans foi, vous aurez en effet du mal à en voir l'accomplissement. Il est vrai que cela paraît plus difficile pour le mariage. Notre subconscient, habitué à voir des mariages tristes, nous fait craindre cette union. Nous craignons que cela se reproduise pour notre propre cas. Or, il y a une loi qui prévoit que « ce que tu crains, c'est ce qui t'arrive » (cf. Job 3:25). Et inversement, ce que tu crois, c'est ce que tu obtiens. C'est pourquoi il est de votre droit de décider et de croire que vous vivrez un mariage heureux. Car la Foi n'a jamais échoué et c'est par elle que l'on obtient le succès (cf. Hébreux 11:2 et 11:36) : « Et que dirais-je encore? Car le temps me manquerait pour parler de Gédéon, de Barak, de Samson, de Jephté, de David, de Samuel, et des prophètes, qui, par la foi, vainquirent des royaumes, exercèrent la justice, obtinrent des promesses, fermèrent la gueule des lions, teignirent la puissance du feu, échappèrent au tranchant de l'épée, guérirent de leurs maladies, furent vaillants à la guerre, mirent en fuite des armées étrangères. »

Et si les autres prétendent avoir également la foi et vivent finalement un mariage éternellement malheureux, soyez sans crainte, la Parole de Dieu ne peut mentir (cf. Rom:3:4). Dieu ne peut pas venir vous dire une chose et ne pas la réaliser. C'est impossible. Tel cas ne s'est jamais produit dans toute l'histoire de la Bible car cela ferait de Lui un Dieu ridicule. Or, Dieu tient tellement à son honneur. Il est fier.

Les êtres humains en revanche sont faits de telle manière qu'ils ne vous diront jamais toute la vérité sur leur histoire. Comment est-ce qu'ils se sont connus ? Avaient-ils pris le temps de demander l'avis de Dieu ? Que Dieu leur avait-il dit à ce sujet ? Y ont-ils obéi ? Ont-ils fait les bons choix ? Sont-ils vraiment soumis à la Parole de Dieu et affermis dans le Seigneur ? Étaient-ils assez matures ? Quels sont les motifs réels de ce mariage ? Car soyez rassurés, une maison bâtie sur des bonnes fondations finira par avoir des fissures, c'est vrai, mais elle ne s'écroulera jamais. Les rénovations peuvent être faites, elle tiendra debout et traversera les époques. Or, qu'est-ce qui peut faire une maison solide, si ce n'est le fait qu'elle soit bâtie sur le roc Éternel qu'est le Christ ?

Énormément de paramètres sont donc à prendre en compte lorsque vous voyez un couple qui vit dans le malheur continuel. Et puis qui sait, à la fin, cette maison pourrait être redressée par la puissante main du Seigneur ? Alors ne vous laissez pas influencer, sachez protéger votre cœur de mauvais exemples qui n'auront pour effet que de diminuer votre foi et de vous donner des batailles d'esprit. La femme ou l'homme qui aspire au mariage, ou qui est déjà marié·e, doit donc commencer à faire attention à ce qu'il ou elle écoute à ce sujet car la foi vient de ce que l'on entend. (cf. Romain 10:17).

N'hypothéquez pas votre vie auprès des personnes qui ont vécu ou qui vivent un mauvais mariage. Ne leur donnez pas cet honneur. Votre vie vaut plus que dix mille mondes pour le Seigneur. Vous êtes précieux et précieuse à Ses yeux. Alors acceptez Sa Parole, acceptez que votre histoire soit différente, ayez seulement foi !

C'est à vous d'écrire : que vous a inspiré ce chapitre ? Quelles actions pouvez-vous mettre en place ?

Chapitre III – La condition sine qua non

La Bible et la nature nous enseignent que deux personnes ne peuvent marcher ensemble si elles sont radicalement opposées (cf. Amos 3:3). Pour toute création d'entité, pour toute relation humaine, plus l'on partage les mêmes valeurs, plus nous avons des chances d'avancer et de construire quelque chose de stable et de durable.

Dans la Bible (cf. Genèse 6 et l'histoire des enfants d'Israël, Achab et Jézabel), à chaque fois que les enfants de Dieu se mettent à cohabiter avec les Moabites, les Amoréens ainsi que le reste des habitants de la contrée qui adorent d'autres dieux, on constate systématiquement un égarement de la part des enfants de Dieu. Nonobstant le fait que Jéhovah leur interdise de s'unir avec ces personnes qu'Il considère comme étrangères à Lui, tant leurs cœurs sont voués aux dieux de Baal, d'Astarté.

Tout lecteur de la Bible ne saurait donc ignorer les dégâts que produisent de telles alliances. Avez-vous déjà remarqué l'histoire de Salomon ? Salomon était l'homme le plus sage que ce monde ait jamais connu à part le Seigneur Jésus-Christ. Malgré sa haute intelligence et le fait qu'il ait rencontré personnellement Dieu plus d'une fois, il finit par le renier. Il adorait les dieux étrangers à la fin de sa vie. Il n'y a donc pas plus facile chemin, pour perdre son âme et vivre une vie de tristesse, que par la voie du mariage. C'est pour cela que les enfants de Dieu doivent faire davantage attention à ce choix de vie et à ne jamais se précipiter. Car s'il y a bien une valeur profonde que l'on devrait pouvoir partager sans ambiguïté dans une relation amoureuse, c'est bien la Foi. La Foi, c'est ce qu'une personne conçoit comme étant son absolu, comme étant quelque chose qui est au-dessus de tout et qui influence sa vision, ses pensées. Il est plausible que cette Foi soit commune dans le couple, au risque de créer un déséquilibre aussi bien au niveau du couple que dans l'éducation des enfants.

Proverbes 14 :27 explique que : « La crainte du Seigneur est une source de vie pour détourner des pièges de la mort ». Cette Foi en Jésus-Christ est une lampe qui éclaire le chemin du chrétien. Sans cela, on court droit vers les pièges de la mort. Un homme qui n'a pas cette crainte-là, qui n'est pas né du Seigneur Jésus-Christ et qui n'a aucune expérience personnelle avec Lui, risque d'être en danger dans le mariage. Qu'est-ce qui lui fera entendre raison lorsqu'il sera en tort ? Qu'est-ce qui lui donnera la force de pardonner et d'aimer profondément alors que lui-même n'a jamais expérimenté l'amour véritable et le pardon que le Christ peut offrir ?

Et si en plus de cela, vous tombez sur un homme né dans une famille difficile, qui n'est pas guéri de ses blessures intérieures, qui n'a aucune image d'un bon père de famille ou d'une mère aimante, un homme qui a grandi dans un environnement où la valeur de l'être aimé était égale à zéro, vous êtes en train de courir droit dans votre enfer. Certaines personnes ne sont pas croyantes mais vivent longtemps et heureuses dans leur mariage. Souvent, vous remarquerez que ces personnes sont de bonne moralité, elles ont reçu une certaine éducation, elles savent apprécier la valeur des choses. Parfois, l'un des partenaires est tellement conciliant que la vie commune semble être facilitée. Elles agissent selon les lois et toute loi mise en action produit un résultat.

Le mariage est la rencontre de deux personnes. Qui dit deux personnes, dit donc deux visions, deux façons de penser, deux éducations différentes. Or, la parole de Dieu, la Foi, est la seule chose suprême que vous pourriez avoir en commun. C'est le seul terrain sur lequel l'avis de l'un et de l'autre ne compte pas. Seul celui du Seigneur compte. C'est pour cela qu'il est mieux de se lier à un être qui croit comme vous. Il voit les choses comme vous au niveau spirituel, c'est-à-dire que sa pensée, sa vision, ses désirs et tout son être ont été renouvelés par le Seigneur et qu'il voit La Parole comme étant son absolu. Il craint Dieu. Pour cette raison, il est conseillé par exemple que l'époux et son épouse communient dans une même assemblée. Ce n'est pas une vérité absolue, mais cette situation paraît plus simple pour l'équilibre de vos futurs enfants et pour la bonne gestion du foyer.

Par exemple, si les époux prient à deux endroits différents. Les deux églises sont souveraines et tiennent donc différents programmes de jeûne et de prière dans l'année. Qui dit jeûne, dit s'abstenir de plusieurs choses, dont le sexe. Et l'abstention à long terme, notamment sexuelle, au sein du couple, se fait d'un commun accord (Cf. 1 Corinthiens 7 :5). Vous ajoutez là un sujet de discussion à chaque programme de jeûne de votre église. Si l'époux prie dans une assemblée qui ne croit pas au paiement de la dîme sur tous les revenus et que dans l'église de son épouse, celle-ci est considérée comme un devoir chrétien, vous allez droit vers la discorde. La loi de l'unicité dans le mariage implique une transparence sur tous les points, notamment dans la gestion des finances.

Aussi, ce qu'on ne réalise pas souvent, c'est que l'on va vivre tous les jours avec son partenaire. Les choses qui nous paraissent négligeables vont prendre tout leur sens et toute l'ampleur possible car chaque jour, nous serons appelés à nous confronter à cette réalité-là. Et cela deviendra usant avec le temps. On ne réalise pas non plus que notre vie de couple influencera l'éducation de notre progéniture.

Le mariage représente beaucoup de défis, de responsabilités, de sujets sur lesquels vous aurez à discuter, à trouver un compromis et à prier. Alors n'en rajoutez pas parce que vous aurez fait un mauvais choix en minimisant les choses. Vous devez vous concentrer sur l'avancement de votre âme, de votre foyer, en priant pour demander la volonté de Dieu sur tel ou tel projet, sur vos investissements, sur le choix de l'école des enfants, sur votre élévation, sur tout ce qui concerne l'avenir de votre foyer, au lieu de consacrer du temps et bien plus à intercéder pour que la nature passée, pécheresse de votre partenaire soit changée car cela vous cause du chagrin. Cela vous freinerait aussi bien dans la destinée que Dieu a prévu pour vous que dans le travail que vous devrez accomplir pour Sa gloire. Un auteur inconnu a dit : « lorsque vous vous mariez selon la volonté du Seigneur, vous êtes un adorateur. Mais lorsque vous faites un choix charnel, vous serez un intercesseur. »

Le mariage religieux et le mariage païen ne sauraient être semblables. Il est dit dans la Bible, dans la Malachie 3:18: « Et vous verrez de nouveau la différence entre le juste et le méchant, entre celui qui sert Dieu et celui qui ne le sert pas. » Si le mariage chrétien a des hauts et des bas, tout comme le mariage païen, il n'en demeure pas moins différent. Il doit l'être. Les difficultés rencontrées au sein du couple païen sont souvent dues à une absence de crainte du Dieu vivant et par l'état de leur âme pécheresse non vivifiée par la source de vie qu'est le Christ.

La méconnaissance de leur position de Fils/ Fille de Dieu et l'ignorance de l'impact du sacrifice de Golgotha font d'eux des êtres faibles et assujettis au péché. Tromperies interminables, impudicité, mensonge, manque de respect à l'égard de la personne aimée, humiliations quotidiennes ou fréquentes, violence verbale, physique et émotionnelle, aucun sens des responsabilités ni des devoirs qui incombent à l'un et l'autre, manque de sagesse, de répartie, visions tronquées et fausses sur la vie et les valeurs familiales. La liste peut encore s'allonger et s'allonger tant les histoires sont sans fin.

Les problèmes du couple chrétien par contre ont pour source directe le plus fidèle ennemi de ce Dieu que nous servons qui a pour éternel objectif de combattre tout ce que Dieu bâtit. Et ici, il se sert de notre chair qui demeure faible (voir chap1. I) et de tout ce qu'il peut pour nous anéantir avec rage, tant notre âme sauvée lui est devenue intouchable. Il enverra les mêmes esprits nous tenter et nous tourmenter (impudicité, mensonge, perversion, maladie, violence, sécheresse, incompréhension, blocage, réclamation satanique…). Mais là où la différence se fera, c'est que nous avons la nature de Dieu en nous au travers du Saint-Esprit. Le Dieu créateur nous a donné le pouvoir de dominer toute la puissance de l'ennemi, de vaincre toutes les oppressions du diable, d'être maître en toutes circonstances. Rien ne peut nous résister. Alléluia ! Nous connaissons notre position face à Dieu et le sacrifice de Golgotha a fait de nous des êtres divins, cohéritiers avec Jésus-Christ.

Par conséquent, épouser un véritable chrétien, c'est le gage d'avoir un être surnaturel qui nous accompagne dans notre quotidien pour posséder la victoire. Quel sera son but ? Nous conseiller, nous soutenir, nous guider et condamner dans le cœur de notre partenaire les actes malveillants qu'il aurait eus à notre égard avant même que nous ayons besoin de parler. Par exemple, lorsqu'il fera ou dira quelque chose de blessant, le Saint-Esprit agira comme un enseignant intérieur. Il lui dira que ce qu'il a fait est mal et qu'il doit réparer cela. Car le mariage est là pour accomplir le plan de Dieu et ne doit pas nous éloigner de cet objectif premier qui est de servir le Christ, de garder sa robe blanche et de prouver au monde que nous sommes des enfants de Dieu.

Un jour, un couple chrétien, Rock et Maria, nous a raconté que trois mois après leur mariage, ils avaient eu une effroyable dispute. Elle fut si brutale qu'ils en étaient presque arrivés aux mains. Rock avait dit : « Je regrette vraiment de t'avoir épousée, Maria. Bon sang, qu'est-ce qui m'a pris d'épouser une ignoble femme comme toi ? Je regrette amèrement, tu es de loin ma plus grande déception. » Il lui avait crié dessus et était sur le point de l'assommer de gifles lorsqu'il s'est ressaisi, a claqué la porte et est sorti.

Maria n'avait plus de mots. À l'écoute de ces paroles, elle n'avait plus d'autres forces que de mettre ses mains sur sa bouche et de s'effondrer en pleurs. Quelle désillusion, c'était son mari, l'unique homme de sa vie, son idéal. Elle voyait en lui l'incarnation du mari parfait. Maria nous a raconté qu'elle n'avait jamais autant pleuré de toute sa vie, d'autant plus que c'était le jour du Nouvel An. Quel drôle de façon de commencer l'année ! Mais, chers amis, le diable n'a que faire de vos souhaits, il attaquera, peu importe le jour ! Dans son désespoir, Maria a voulu alerter sa famille et informer de ce qui venait de se passer. Mais au moment d'appeler son père, elle ressentit une très forte envie de prier monté dans son cœur. Elle s'agenouilla donc et déversa son cœur trahi et meurtri au Seigneur. Il fallut peu de temps pour que Maria entende une parole de la part du Seigneur. En effet, elle languissait là, rappelant à Dieu qu'elle s'était mariée à Rock d'après Ses conseils, pas seulement par amour, mais bien parce que Dieu lui avait confirmé que c'était Sa volonté et la saison propice. Elle rappelait à Dieu toutes les fois où elle l'avait consulté à propos de Rock et de leur union. Subitement, frappa dans son cœur une parole, comme si une personne lui parlait. C'était le Seigneur : « Reste calme Maria, ton mari est un chrétien, il reviendra, calme-toi. » Ces mots lui furent d'un si grand réconfort qu'elle sécha ses larmes. Oh ! Quel précieux ami nous avons en Jésus-Christ, n'est-ce pas ? Il sait parler à notre cœur comme personne d'autre et sait trouver la parole juste.

Rock, de son côté, sortit en voiture pour se changer les idées. Il était énervé. Il décida de ne pas rentrer de la journée, d'éteindre son téléphone et de passer la nuit à l'église. Il roula pendant vingt minutes, parlant seul, tellement il était désemparé. Il commença à s'imaginer tant de choses. « Ai-je fait le mauvais choix, vraiment ? » Quand tout à coup, quelque chose frappa dans son cœur et lui dit : « Repars à la maison. » Cette voix était insistante : « Repars à la maison. » Elle était de plus en plus forte et autoritaire, si bien qu'il fit demi-tour. Il sentit une très grande condamnation dans son cœur. Le Saint-Esprit commença à lui enseigner : « Tu as tort de parler ainsi à ta femme, Rock. »

Une heure plus tard, Rock revint à la maison, triste et aussi meurtri que Maria. Il lui demanda de s'asseoir afin de discuter calmement. Rock commença par lui demander pardon, lui expliqua qu'il s'en voulait amèrement et ne pensait pas tout ce qu'il avait dit. La colère était telle qu'il n'avait pas pu se contrôler. Maria aussi lui déversa son cœur, elle s'était sentie trahie et rabaissée, elle n'aurait jamais imaginé qu'il lui parlerait comme cela un jour… Après cette longue discussion, ils prièrent et se promirent de ne plus jamais s'adresser de cette façon l'un à l'autre. Ils établirent comme principe de bannir ce genre de mots (voir partie II).

C'est alors que Rock s'est mis à lui expliquer ce qui lui était arrivé en route. Comment cette voix lui avait mis la pression dans son cœur pour rentrer et réparer ses torts. Mes amis, ne voulez-vous pas faire de votre foyer un terrain d'expérimentation de la main puissante et de l'amour de Dieu ? Le fait que ce couple ait été sensible à l'Esprit et ait eu des réflexes pour prier et aller prier prouve à quel point les deux étaient des personnes habituées à se réfugier auprès du Christ et à s'abandonner au Seigneur dès qu'une situation se présente. Ils avaient l'habitude de parler au Seigneur et de L'entendre leur parler. Le Seigneur était le meilleur ami de leur vie, il n'a pas permis qu'ils se tournent vers des personnes extérieures pour trouver de l'aide.

Alors oui, se marier selon les préceptes du Christ n'a pas d'égal. Dieu vous évitera le déshonneur, l'humiliation, de faire rentrer des gens extérieurs pour venir juger d'une situation… Certes, pour certaines situations, vous aurez besoin d'aide extérieure. Mais là encore, c'est le Seigneur qui doit vous conduire à aller voir telle ou telle personne, pas spontanément une copine de votre femme ou la sœur de votre mari. Combien de foyers ont été détruits à cause du fait qu'on ait ouvert les portes du foyer à des personnes extérieures ? En conseillant, cette personne peut avoir ses propres ambitions, des démons et des envies qui finiront par se révéler, mais trop tard. Le foyer aura déjà pris feu et il n'en restera que des cendres avec lesquelles on ne peut absolument rien faire. Tout sera à terre. Le cœur de l'homme est tortueux ! Le couple chrétien, c'est un couple qui fait du Seigneur son conseiller numéro 1. La plupart du temps, le Seigneur par son Esprit Saint, s'il est en vous, vous suffit. S'il ne vous parle pas par la voix du cœur, il vous parlera par Sa Parole, la Bible, par une prédication, une émission, une vision, un songe, une inconnue dans le bus… Il vous parlera, c'est inévitable. Car Jérémie 29:13 dit : « Vous m'invoquerez, et vous partirez ; vous me prierez, et je vous exaucerai. Vous me chercherez, et vous me trouverez, si vous me cherchez de tout votre cœur. Je me laisserai trouver par vous, dit l'Éternel. »

Et sachez-le, le Seigneur vous fera rencontrer des situations pour vous apprendre à mieux vous connaître, comme Il permet parfois que la maladie nous atteigne, pour montrer Sa puissance de guérison ou le manque pour nous montrer qu'Il a la capacité de pourvoir. Certaines choses vous arriveront pour simplement vous permettre de découvrir la beauté de votre moitié, de mieux dialoguer, d'être transparents l'un envers l'autre, d'avoir confiance. Après, vous aurez appris et mis en place une action qui vous aidera pour la suite de votre parcours. Comme Maria nous l'a confié, après ce jour-là, ils ne se sont plus jamais dit ce genre de phrases.

D'autres choses arriveront également pour vous apprendre à ne compter que sur le Seigneur et à apprendre à vous débrouiller rien que vous trois (votre mari, vous et Lui). Pour Maria et Rock, cette dispute fut une preuve de leur devoir de se rapprocher d'abord de Dieu lorsque quelque chose les tracasse, et d'entendre ce qu'Il a à dire sur le sujet.

Ainsi, épouser un chrétien craignant le Seigneur Jésus-Christ, c'est choisir de gagner du temps et d'avancer sereinement, c'est décider par anticipation de vivre pleinement la destinée que Dieu a tracée pour vous. Vous deviendrez une meilleure personne et votre partenaire aussi. Vous servirez Dieu ensemble et d'autres potentiels cachés en vous vont éclore.

La volonté du Seigneur a toujours été de donner de bonnes choses à ses enfants. Et le choix de son partenaire de vie se fait à genoux à l'instar de Maria. Non, nous ne parlons pas du genou à terre lorsque l'on demande la main de sa fiancée. Le choix de son épouse ou de son époux se fait véritablement à genoux, c'est-à-dire en prière, devant l'instigateur du mariage lui-même, Dieu. À genoux, nous reconnaissons notre incapacité à faire le bon choix. Les yeux fermés, nous ne regardons pas ce qui attire nos yeux, mais nous demandons à Dieu ce qui se cache à l'intérieur de la personne. Tête baissée, nous nous laissons guider et conduire par Celui qui connaît le chemin, ne sachant point ce qui peut nous arriver une fois marié·e. Abandonnez donc votre choix entre les mains de Dieu grâce à la prière. Il ne s'agit en aucun cas d'une prière faite à la va-vite, il s'agit d'être constamment en prière et de bien analyser la personne avec qui l'on souhaite cheminer.

Il faut le voir comme un moyen de dire au Seigneur : « Oh ! Dieu, toi qui me connais réellement, je peux me tromper à cause du physique, de certains critères que je considère comme primordiaux, mais toi Seigneur, Tu ne pourras jamais être trompé car Tu sondes les cœurs et les reins. Sonde mon cœur, mon âme et regarde si ma vraie nature est compatible avec celle de cette jeune fille que je souhaite prendre pour femme (ou de ce jeune homme avec qui je souhaite fonder une famille), sonde nos cœurs et montre-nous Ta volonté. Si cela n'est pas Ta volonté Père, donne-nous des circonstances, des signaux afin que nous comprenions et que nous n'allions pas jusqu'au mariage. Mais si c'est Ta volonté Père, aide-nous à nous connaître véritablement, aide-nous à être sincères et vrais, révèle-nous des choses, des caractères de l'un et de l'autre qui pourraient complexifier notre mariage, afin que nous puissions les changer et nous conformer à ta parole et vivre pour l'autre. »

Dieu demeure le même hier, aujourd'hui et éternellement. Croyez-vous qu'il soit capable de vous conduire vers l'homme ou la femme de votre destinée ? Il dit que lorsque l'on tourne vers lui les regards, on trouve dans nos cœurs des chemins tout tracés (Cf. Ps 84). Il saura vous conduire sur les sentiers aplanis. Celui qui craint le Seigneur possède un appui ferme et ses enfants trouvent un refuge auprès de Lui, cette crainte lui sert de source d'eau vive. (Cf. Proverbes 14:26)

Ne l'a-t-il pas fait pour Isaac et Rebecca ? Ne l'a-t-il pas fait pour Ruth et Boaz ? Ne l'a-t-il pas fait pour Esther ? À certains, Il a envoyé des signes, à d'autres Il a donné des instructions. Il vous parlera selon la manière dont vous l'attendez, alors faites le choix de gagner du temps ! Il est Dieu.

In fine, l'homme qui aime comme Christ a aimé pardonne tout, n'envie pas, ne jalouse pas, est patient. Car son Amour n'est plus un amour Phileo, mais un amour Agapao, un amour divin (voir chap. 1.II). Nous vous exhortons à écrire ce verset 1 Cor 13: 8 sur un écriteau en remplaçant les prénoms par les vôtres et à le placer sur un tableau que vous mettrez dans votre salon : « Maria est patiente, elle est pleine de bonté; Rock n'est pas envieux, il ne se vante pas et Maria ne s'enfle pas d'orgueil. Rock ne fait rien de malhonnête, il ne cherche pas son intérêt, il ne s'irrite pas, et Maria ne soupçonne pas le mal, elle ne se réjouit pas de l'injustice, mais les deux Rock et Maria se réjouissent de la vérité ; Maria pardonne tout, elle croit tout et Rock espère tout, il supporte tout avec Amour. »

C'est à vous d'écrire : qu'est-ce que ce chapitre et l'histoire de Rock et Maria vous inspirent ? Qu'allez-vous faire ?

Nous venons ici d'élucider certains principes spirituels pour nous aider à faire le choix de notre partenaire, et à bâtir sur une fondation solide. Le mariage ne consiste pas seulement en une simple union physique, mais aussi spirituelle et qui répond à des exigences. Le bonheur ne peut tomber subitement du ciel ni être le fruit d'un hasard. La sincérité, l'amour, la Foi sont de mises. Nous allons maintenant entamer notre deuxième partie. Le but serait de mieux comprendre ce qui se passe dans un homme ou dans une femme. Parce que nous sommes appelés à partager notre vie avec l'être aimé, nous devons comprendre comment ce dernier fonctionne. Nous verrons que la différence entre un homme et une femme ne tient pas seulement à notre physique, ni à des capacités naturelles. Cela va plus loin que ce qu'on imagine. Les connaître nous permettra de mieux discerner l'être aimé et d'avoir un comportement adéquat.

Partie II – Le fonctionnement de l'homme et de la femme

Toute personne vous le dira. Le vivre ensemble n'est pas une chose facile. Que ce soit entre amis, entre sœurs, entre frères ou entre conjoints. Rien n'est si simple. Bon, soyons d'accord, existe-t-il quelque chose de facile dans ce monde ? Mais lorsque nous faisons le choix de nous unir, nous acceptons de composer avec autrui. D'abord, nous l'acceptons comme il est, avec ses hauts et ses bas. Ensuite, plus les mois passent, plus nous détectons des habitudes et attitudes désobligeantes que nous souhaitons lui faire rectifier. Et c'est là que les choses se complexifient. L'être humain a horreur du changement. Ce n'est pas naturel pour lui d'apporter des modifications à ses acquis. Alors il nous revient de comprendre comment l'homme et la femme fonctionnent (I) pour ensuite savoir comment faire pour que ces deux êtres qui s'aiment, cohabitent sereinement (II). La nature a doté l'Homme de plusieurs traits caractéristiques. Nous pouvons dénicher trois dimensions qui influencent sa vie.

Chapitre I – L'homme et ses trois dimensions

Zacharias Tanee Fomum disait « le mari est appelé à être le roi, le prophète et le sacrificateur de sa femme. En tant que roi, il conduit sa femme vers le Seigneur, et la dirige dans l'appel de Dieu dans sa vie. En tant que prophète, il parle à Dieu dans sa prière en sa faveur et parle à Dieu pour faire d'elle ce que Dieu veut qu'elle soit. En tant que sacrificateur, il meurt pour elle en mourant à sa volonté, à ses désirs égoïstes et à ses intérêts égoïstes. Le niveau jusqu'où il assure ces rôles déterminera la qualité de son mariage ». Sans aller à contre-sens, nous allons développer d'autres dimensions que nous trouvons dans la Bible, autres que celles du sacrificateur et du prophète.

I. La dimension du roi

Chaque homme recèle une dimension royale. Le roi est une personne qui, en vertu de l'élection ou de l'hérédité, exerce le pouvoir souverain. L'homme-roi est celui qui aspire à voir sa gloire resplendir dans son royaume et au-delà de ses frontières. Il est une autorité suprême, qui donne des ordres et s'attend à ce qu'ils soient exécutés sans contestation et même sans explication. Inversement, un roi est un homme dont la parole est irrévocable (Cf. l'histoire du roi Hérode, Mt14 :9). Aussi, lorsqu'il prend une décision ferme, il s'y tient et a parfois du mal à faire demi-tour malgré les recommandations de son ou de ses conseillers.

Par analogie, lorsqu'un époux se comporte dans sa dimension de roi, il prend la chefferie de la maison et des décisions qui doivent être prises pour le bon fonctionnement du foyer. C'est le décideur et il veut que son partenaire obéisse. Dans ces situations, la femme, dépourvue de pouvoir, perçoit son mari comme étant têtu, obtus, orgueilleux, n'en faisant qu'à sa tête. Or ici, il veut simplement démontrer sa souveraineté, tel que l'aurait fait un roi. L'homme, à sa création, était le roi du jardin d'Éden, il dirigeait, ordonnait au vent d'aller à droite et le vent obéissait, disait au lion d'aller dormir et il s'y pliait.

C'est ainsi que l'homme-roi veut se sentir maître en son royaume, se sentir à son aise, voir qu'il est respecté, qu'on le sert différemment, qu'on lui parle différemment, avec douceur et tact pour ne pas le brusquer ou le frustrer. C'est pour cela qu'il arrive que l'époux profère des remarques telles que : « je ne suis pas ton enfant », « je t'interdis de me crier dessus », « tu n'es pas ma mère ». C'est dans cette dimension que s'insère la grande estime que peut avoir un homme. Un homme préférera perdre tout plutôt que son estime. Dans cette dimension, la femme doit un respect irréfutable à son époux qui supportera difficilement ses écarts. La femme devrait ici savoir réduire son temps de parole par exemple et laisser l'homme s'exprimer pleinement. La dimension roi se manifeste également lorsque votre époux désire être servi par vous, qu'il voit une belle table dressée pour manger en compagnie de sa tendre et bienheureuse épouse.

II. La dimension animale

La dimension animale de l'homme est celle qui le pousse à ne voir que ses intérêts, qui l'incite à agir par instinct plutôt que par amour et raison. Ici, l'homme peut se comporter en véritable macho, insensible et méchant. L'homme est inconscient, insoucieux de ses choix et de ses conséquences, il prend ce qui ne devrait pas l'être à la légère. En tant qu'animal, il ne se préoccupe pas du lendemain, il souhaite simplement vivre, manger, se reproduire et satisfaire ses besoins primaires. Par exemple, l'homme qui trompe tout en affirmant aimer sa femme est poussé par cette dimension-là, car faire l'amour est un besoin primaire. La raison prend le relais pour nous dire avec qui le faire et l'amour vient nous enseigner comment le faire.

De plus, il est prouvé par la science que tout Homme qui ne reçoit aucune éducation et qui n'appartient à aucune société réagit exactement comme un animal. Si on le laisse sans aucun contact humain, il ne saura même pas parler. Pour cette raison, le Seigneur nous exhorte à chercher Sa face et à Le connaître avec sincérité, car aucune loi ni principe d'aucune société ne peut aussi bien apporter des valeurs et une bonne éducation que la Parole de Dieu. À juste titre, donc, le Seigneur veut renouveler notre être intérieur, ôter notre cœur de pierre et nous en donner un nouveau. Pourquoi donc cette dimension animale est-elle plus ancrée dans le genre masculin ? De par son exégèse, l'homme a été le premier à cohabiter avec les animaux. Il est resté plus longtemps avec eux avant de soupirer pour la présence d'un être lui ressemblant. Et inversement, il a été donné expressément à la femme une douceur d'esprit qu'on ne trouve nulle part ailleurs.

III. La dimension de l'enfant

L'homme-enfant est celui qui se frustre s'il n'obtient pas ce qu'il souhaite. L'homme-enfant est envieux. Il envie les biens des autres, même si ce qu'il a est de loin incomparable à ce que possède le voisin. Il veut toujours plus et ne connaît pas la valeur des choses. L'homme-enfant est inconscient, sa vision et sa réflexion sont restreintes. À l'homme-enfant, on doit tout expliquer, sinon il n'y comprend rien et fait des bêtises.

L'homme-enfant est dépendant de sa femme, comme tout enfant l'est de sa maman : pour manger, pour se vêtir, pour sortir, pour faire telle ou telle chose. Il doit être pris par la main et poussé à agir. Combien d'hommes mariés aujourd'hui se sentent déboussolés lorsque leurs femmes partent une semaine de la maison ? Celui qui se débrouillait en cuisine n'arrive plus à faire cuire des bananes ou une simple omelette… La dimension de l'enfant le pousse à convoiter tout ce qu'il aime et ce qu'il voit chez autrui sans se rendre compte qu'il a exactement la même chose chez lui. Ces hommes sont de véritables bébés et sont vus comme le premier enfant de la femme.

D'ailleurs, lorsque la femme accouche de son premier enfant, l'homme se sent mis à l'écart car l'attention qu'on lui portait est divisée par deux. Ils en arrivent à envier leur propre nourrisson, oubliant que c'est également leur enfant. Ce comportement s'apparente à celui d'un enfant qui voit sa maman enceinte de son petit frère ou de sa petite sœur. Ainsi, l'homme-enfant a besoin de toute l'attention, la tendresse, que sa femme soit disponible pour lui comme quand un bébé pleure de faim.

Ainsi, la femme qui rentre dans le foyer doit être consciente de ces trois dimensions pour parvenir à caractériser celle qui influence le plus son homme. Elle devra prier pour que le Saint-Esprit puisse aider son mari à se laisser plus influencer par Jésus-Christ.

C'est à vous d'écrire : quelle est la dimension qui se manifeste le plus chez votre partenaire ? Comment allez-vous vous y prendre dorénavant ?

Chapitre II – Les dimensions de la femme

Comment fonctionne la femme en tant qu'épouse ? Lorsque nous avons posé cette question à un homme marié depuis plus de quinze ans, il nous a dit avec ironie que les dimensions de la femme étaient beaucoup trop nombreuses pour être citées. C'est ce qui fait d'elle un mystère que peu d'hommes arrivent à cerner. Il n'a peut-être pas tort. Une épouse est très souvent multifonctions. (cf. Proverbe 31:10-31). Elle peut s'occuper des enfants, de son mari, de la maison, des affaires, des entreprises, et rester une épouse aimante qui reconnaît sa place. Elle peut rentrer le soir et, malgré sa fatigue, faire à manger aux enfants, leur donner le bain, vérifier leurs devoirs et être la dernière à se coucher pour le lendemain, être la première à se lever… Cependant, nous pouvons distinguer trois dimensions plus importantes qui font de la femme cet être tant convoité et complexe.

I. La dimension de mère

La femme fut créée pour donner de l'amour, pour combler un vide qui devenait atroce à supporter, un vide qui faisait ressentir Adam incomplet, insensé. Ce vide le poussait à convoiter même le bonheur des animaux en couple. À cause de ce grand vide, Dieu décida de tirer un être de la côte d'Adam, (cf. Gen 2:20-22). La femme existait donc déjà, mais elle était enfouie dans l'homme. Pour cette raison, la vie passe par elle, elle est la vie dans la vie. La dimension de mère donne à la femme une compassion inestimable, une douceur pure et une sensibilité accrue. Le cœur d'une mère la pousse à entrer dans le feu pour sauver son enfant. Le cœur d'une mère émet de la compassion envers son fils le plus cruel. Ce cœur de mère lui permet de supporter des choses qui ne devraient même pas être mentionnées. La dimension de mère signifie prendre soin, pourvoir et faire vivre le foyer. C'est l'âme de la maison.

Dans l'histoire du Roi Salomon (Cf. 1 ROIS 3:16–28), cette dimension de mère s'était pleinement manifestée. Deux femmes réclamaient la maternité d'un enfant. Comme on ne savait point celle qui disait la vérité et celle qui mentait, le roi proposa de diviser l'enfant en deux afin de donner une partie à chacune d'entre elles. La première femme accepta. Lorsque la deuxième femme vit l'épée s'approcher de l'enfant pour être divisé, son âme et son être entier tressaillirent. Elle se rappela de ses douleurs d'enfantements. Son amour s'élança, elle se souvint de ses premiers cris, de leur premier regard, comment pouvait-elle accepter que cet enfant meure ? Elle sursauta aux pieds du roi et lui dit qu'elle préférait voir cet enfant vivant et être élevé par une autre femme, que le voir mort. C'est ainsi que le roi reconnut qui était la vraie mère. La dimension mère, est cette dimension qui fera en sorte que la femme puisse s'oublier, préférer manquer de quelque chose, mais pas son mari. Et inversement, quand cette dimension s'exprime au bon moment, cela secoue le cœur de l'époux, qui ne peut rester insensible à la demande de la femme.

II. la dimension de reine

La dimension de reine, comme celle de roi, élève la femme au rang de gouvernante. Elle est au centre de tous les regards, c'est elle qui décide et a le contrôle de toutes les situations. C'est ici qu'on rencontre la femme dominatrice, qui ne se laisse pas faire, qui tape du poing sur la table et dont les décisions sont prises au sérieux. Cette dimension est de plus en plus ancrée chez des femmes qui se sont réalisées seules, celles qui ont été abusées par des hommes machos, des femmes qui ont des blessures intérieures. Ces blessures ont érigé en elle une barrière qu'aucun homme ne doit dépasser. La dimension de reine ne peut pas supporter l'autorité de l'homme. Soit l'homme accepte de descendre, soit il s'en va.

Cette dimension pousse la femme à s'enorgueillir, à se croire autosuffisante. Parfois nous entendons des phrases : « Que crois-tu ? Penses-tu que c'est ton salaire qui a fait de moi la femme que je suis aujourd'hui ? Si tu penses que oui, je peux te rembourser tout ce que tu as déboursé pour moi et même ta maudite dot ! » Quelle attitude voulez-vous que l'homme puisse avoir après l'écoute de tels propos ?

La dimension de la femme-reine, lorsqu'elle n'est pas utilisée comme il faut et quand il faut, ridiculise l'homme, l'amoindrit et l'humilie. C'est ce qui est arrivé avec la reine Vasthi dans la Bible (cf. Esther 1:2-23). Elle organisa un buffet avec ses convives au même moment où son mari le roi tenait un buffet avec les plus hauts invités de la contrée. Le roi fit appel à elle pour se présenter afin que tous voient à quel point il avait une belle épouse. Le but recherché était que l'estime et la gloire du roi deviennent encore plus fortes aux yeux de ses invités et que l'information parte si loin que les territoires voisins lui accordent encore plus de déférence. Mais Vasthi refusa de se présenter et humilia le roi. Elle avait sûrement l'habitude d'organiser des buffets et donc de ne pas être disponible pour lui, mais ce jour-là, elle laissa exprimer sa dimension de reine au mauvais moment, devant des milliers de personnes, et cela lui coûta son mariage. Votre mari aimerait rester roi devant les autres.

III. la dimension émotionnelle

La femme est un être très émotif et émotionnel. Cela signifie qu'elle ressent facilement les émotions et qu'elle peut facilement se laisser conduire par elles au lieu de la raison. La joie, la peur, la tristesse, la colère sont des émotions qui produisent une action donnée. Cela est d'autant plus vrai lorsqu'elle porte la vie. À ce moment, l'émotivité s'accroît davantage, pouvant la faire passer du rire aux larmes en un instant. C'est cette dimension qui fait de nous des êtres sensibles, prêts à ressentir les choses avec plus de densité que les hommes.

La dimension émotionnelle prend plus les choses à cœur. La dimension émotionnelle veut qu'on fasse attention à ce qu'on dit à une femme, qu'on utilise des formes lorsqu'il faut faire une remarque. C'est cette dimension qui rend la femme faible face aux mots et aux appréciations de l'être qu'elle aime. Et, a contrario, lorsque nous ne gérons pas bien nos émotions, nous pouvons faire tellement de mal qu'il nous est difficile de réparer. « Celui qui est prompt à s'emporter proclame la folie » (cf. Prov.14:29). « Celui qui est lent à la colère vaut mieux qu'un héros et celui qui est maître de lui-même, que celui qui prend des villes » (cf. Prov. 16:32).

C'est à vous d'écrire : quelle est la dimension qui se manifeste le plus chez vous et chez votre partenaire ? Comment allez-vous vous y prendre dorénavant ?

Chapitre III – La cohabitation des six dimensions

Comment ces six dimensions peuvent-elles œuvrer pour l'harmonie du couple ?

La dimension émotionnelle correspond à la dimension animale. La dimension de mère s'oppose à la dimension du roi et crée des frictions, car chacun aime avoir le dernier mot. La dimension de reine s'oppose également bien évidemment à la dimension de roi (cf. Esther 1:1-21 selon l'histoire du roi Assuérus et de la reine Vasthi).

Inversement, lorsque la dimension de mère rencontre celle de l'enfant, le foyer devient un endroit paisible. La mère est celle qui compatit même lorsque les bêtises de son enfant lui infligent de la peine. La maman n'hésite pas à s'humilier pour réparer les fautes de son enfant insouciant. Elle essaie de justifier les actes de son enfant. Ici, la femme mère puise dans son amour pour essayer de prendre soin de son mari-enfant et de réparer ses actes du mieux possible. Ce fut le cas pour Abigaïl et son mari Nabal. Elle n'hésita pas à s'agenouiller et à implorer la miséricorde de David devant les actes inconscients de son mari Nabal (cf. 1 Samuel 25).

De même, l'enfant est celui qui écoute, qui accepte de ne pas tout connaître et d'apprendre de sa mère. L'homme-enfant est donc celui qui sait pardonner, oublier, faire confiance presque aveuglément. C'est cette dimension qui permet à l'homme d'écouter sa femme, d'apprendre d'elle et de se laisser façonner par elle.

La dimension de reine va avec la dimension de l'homme animal. Il faut que la femme prenne la main, conscientise l'homme, gouverne la maison en tant que maîtresse et prenne les décisions radicales lorsqu'il le faut. Nous pouvons prendre pour exemple l'histoire de Séphora et de Moïse : là où Moïse a minimisé l'ampleur de ses actes, Séphora n'a pas hésité à circoncire l'enfant et à sauver Moïse de l'ange qui voulait le frapper car il n'avait pas voulu commettre cet acte.

La dimension émotionnelle peut aller avec la dimension du roi. La dimension émotionnelle peut pousser la femme à être impulsive, hypersensible ou trop capricieuse. La dimension du roi est donc celle qui permettrait à l'homme de faire fi des petites choses, des caprices du peuple. Il saurait décider avec fermeté sans tenir compte des états d'âme, prendre la bonne décision malgré la colère, la tristesse ou la joie, parce qu'il sait où il veut aller et emmener sa famille. Lorsque Jésus-Christ, l'époux de nos âmes, était en face de Judas pour être arrêté, Pierre (qui représente l'Église, l'épouse) agissant sous l'émotion de la colère, prit son couteau et arracha l'oreille du soldat. Jésus, ne tenant pas compte de cette émotion, remit l'oreille du soldat en place et se laissa faire. Pourquoi ? Il savait ce qu'il faisait. Il n'a même pas haussé le ton sur Pierre pour le réprimander de s'être emporté. La dimension du roi procure la sagesse de discerner un vrai problème d'un faux. La dimension du roi, ici, banalise les dires et les actes de la femme, prononcés et faits sous l'émotion. Il agit selon l'urgence et répare ce qui est réparable, sans tirer en longueur de vains échanges.

La dimension animale, cependant, ne peut être compatible avec aucune autre dimension, car elle enlève à l'homme son essence, celle d'être un être agissant en pleine conscience. « Je pense donc je suis », disait Descartes. Sans cette conscience, l'humain n'est rien d'autre qu'un animal qui se laisse guider par ses instincts. C'est pour cela qu'en devenant chrétien, nous devenons une nouvelle personne (cf. 2 Cor 5:17) : « Si quelqu'un est en Christ, il est une nouvelle créature. Les choses anciennes sont passées ; voici, toutes choses sont devenues nouvelles. » Le cœur de pierre nous est ôté et nous sommes renouvelés par l'intelligence d'en haut. Le Saint-Esprit en nous se charge de cet être animal, le change et assujettit ses désirs. Mais cette dimension animale que le Saint-Esprit réussit à dompter va vouloir se manifester au contact de certains éléments et évènements. C'est pour cela qu'en face de cette dimension, il est conseillé à l'homme de s'éloigner de toute chose qui lui fait perdre ses moyens et le pousse à agir sans conscience (alcool, drogues,...) et de se confier au Seigneur avant de prendre des décisions.

Après lecture de ce chapitre, nous vous exhortons à regarder autrement les divergences qui surgissent au sein de votre couple. Tout homme ou toute femme a ses trois dimensions là. Cependant, chaque être humain a une dimension prédominante, qui se manifeste davantage par rapport aux autres.

Quelle est la dimension qui s'exprime chez votre conjoint lors d'un échange ? Si c'est la dimension du roi, il veut sûrement avoir le dernier mot sur cette discussion, je laisse donc sa dimension s'exprimer, car il veut recevoir des honneurs, de la gloire. Si je trouve qu'il va vraiment dans la mauvaise dimension, je choisis un autre moment pour en parler, pourquoi pas dans un autre environnement (parc, restaurant, après avoir mangé…).

Si la dimension de l'enfant s'exprime, il me reproche de ne pas être assez attentive. J'arrête alors ce que je suis en train de faire et j'essaie de lui accorder plus de temps ou de prendre mieux soin de lui.

Est-ce la dimension animale ? Je comprends qu'il ne réalise pas les conséquences de ses actes, je prends les devants, je lui en parle tranquillement et prie le Seigneur pour que cette dimension s'exprime de moins en moins et que sa nature divine inonde son cœur.

Est-ce la dimension de reine qui s'exprime dans votre femme ? Elle veut sûrement être choyée, chérie ou alors prendre le dessus. J'essaie le comportement qui va avec. Je lui en parle tranquillement et je prie pour elle afin que le Seigneur place en elle la véritable soumission.

Est-ce la dimension de la mère qui s'exprime trop ? Elle ne voulait sûrement pas mal faire, mais à force de protéger l'enfant, on finit par l'étouffer. Je lui en parle et nous essayons de nous organiser pour éviter telle ou telle situation. Je lui montre que je suis responsable et que je sais prendre de bonnes décisions en toute autonomie.

Est-ce la dimension émotionnelle ? J'ai sûrement fait ou dit quelque chose qui ne l'a pas aidée. J'attends que l'émotion passe et j'essaie d'aborder le sujet sous un autre angle, dans un autre environnement.

En tout état de cause, toutes ces dimensions nous permettent de mieux cerner la personne avec laquelle nous cohabitons. Cela permet de connaître la bonne attitude à tenir et ensuite l'action à poser pour essayer de ramener la paix. Lorsque ces dimensions-là sont bien ajustées et posées les unes sur les autres, elles permettent un bon équilibre au sein du foyer.

C’est à vous d’écrire : Que vous inspire ce chapitre ? Quelles réactions cela suscite en vous ?

Nous venons de parler de la nature intrinsèque de l'homme et de la femme. Trois dimensions qui les régissent et comment peuvent-elles cohabiter harmonieusement. Nous avons vu que l'homme et la femme sont des êtres complexes. Leur différence fait finalement leur force et leur complémentarité. Ne dit-on pas que les contraires s'attirent ? Bien ajusté, ce qui peut sembler être une faiblesse pour l'un sera la force de l'autre. Nous allons maintenant entamer notre troisième partie. Nous mettrons l'accent sur le moyen par lequel toutes ces dimensions se traduisent et se manifestent : le moyen de la communication.

Partie III – La communication, clé ultime au sein du couple

L'être humain est doté de sens, il parle, il voit, il touche et ressent des émotions. Pour exprimer ses émotions, ses besoins et désirs, il a besoin de communiquer. Pour ce faire, il utilise un langage, des mots, des mimes, pour se faire comprendre et passer un message. Même Dieu, connaissant ce besoin de communication, nous a donné un moyen pour toujours pouvoir échanger avec Lui : la prière. Et si nous voulons avancer dans la foi du Seigneur, nous devons méditer sur Sa Parole. La méditation et la prière sont deux canaux qui nous permettent d'entrer en contact avec le Seigneur. Lui, il nous parle au travers de ses lettres (la Bible) et nous lui parlons en déversant nos cœurs dans la prière. Le christianisme est donc avant tout une histoire de contact avec la personne qu'on aime.

Si nous faisons un raisonnement analogique, le mariage est aussi une question de contact avec la personne que l'on aime. En de tels cas, le premier moyen de le faire, c'est par la communication. Et parler, est le canal par lequel nous entrons en communication. Son importance devient donc capitale.

Or, il existe une grande différence entre ce que l'on dit et ce qu'on a voulu dire. Et une différence entre ce qui a été dit et ce qui a été compris par le récepteur du message. Toutes ces ambiguïtés font que la communication n'est pas une chose aisée. Et parce que vous vivez ensemble, vous êtes dans l'obligation, sinon dans la nécessité, de pouvoir tenir une conversation et de vous faire comprendre. Si l'on nous demandait quelle est la règle n°1 dans le foyer, nous dirions « ne jamais briser la communication ». Peu importe l'intensité de vos défis, la communication est, et sera, l'unique canal vers le retour à la paix. Pour cela, rien de plus simple que d'ériger la communication continue et la communication efficace comme principes.

Chapitre I – Le principe de la communication continue

Lorsque nous faisons quelque chose de mal, le Seigneur ne refuse guère de nous parler. Bien au contraire, Sa douce voix insiste dans notre cœur pour que nous réparions notre vie. Il utilise tous les moyens de communication possible pour continuer à nous parler et nous avertir (Sa Parole, Ses messagers, des songes, visions, prophéties, parole de connaissance, etc.).

En lisant l'histoire des enfants d'Israël de la Genèse jusqu'au livre des Rois, puis le nouveau testament, vous serez surpris de voir à quel point la race humaine a toujours été désobéissante ; allant jusqu'à tuer le Christ. Cet homme qui était censé nous réconcilier avec le grand Elohim. En voyant cela, Le grand Jéhovah a tout de même souhaité continuer à nous parler. Cette fois-ci, Il en a eu marre, Il n'a plus voulu d'intermédiaires hommes. Il a pourvu à un moyen qu'aucun homme ne pourra tuer, le Saint-Esprit. Le but étant de nous ramener à une communion parfaite avec Lui et d'y demeurer en tout temps. Cette fois-ci, c'est Dieu lui-même qui habite dans l'homme et nous parle continuellement. Dans Jean 16:12-15, Jésus dit: « J'ai encore beaucoup de choses à vous dire, mais vous ne pouvez pas les porter maintenant. Quand le consolateur sera venu, l'Esprit de vérité, il vous conduira dans toute la vérité ; car il ne parlera pas de lui-même, mais il dira tout ce qu'il aura entendu, et il vous annoncera les choses à venir (…)». Dieu venait d'instaurer par-là le principe de la communication continue.

Comme avec l'Esprit-Saint, le principe de la communication continue suppose que le couple ne s'arrête jamais de parler, ne fasse pas une journée sans dialoguer et converser. Même fâché ou triste, Il maintient un minimum de conversation. Bien sûr ce minimum de communication, pour être efficace, doit se faire sans intermédiaire (par exemple, ne pas demander aux enfants de dire à papa que, ou à maman que). Cela n'est pas une communication vers la paix. Comme en cas de grève en France, il vous faut assurer le service minimum. Comme avec le Seigneur, même quand vous êtes abattus ou en colère, vous devrez rester en contact et dialoguer avec votre partenaire. Éphésiens 4:26-27 dit : « Si vous vous mettez en colère, ne péchez point; que le soleil ne se couche pas sur votre colère, et ne donnez pas accès au diable ».

La communication continue évite également que vous vous tourniez vers des personnes extérieures pour parler d'un sujet qui vous ronge de l'intérieur. La communication continue devient un gage d'autoprotection de votre foyer. Mettre en pratique ce principe, c'est vous obliger à dialoguer et à ne pas laisser la place aux mauvaises pensées, aux suppositions du diable et au fait de ressasser dans son coin.

J'en conviens, il est très difficile de continuer à parler et de s'efforcer de parler à une personne qui nous a causé du tort. Mais il faut respecter ce que vous avez construit jusqu'ici et ce qu'il vous reste à construire. Un foyer heureux, c'est avant tout un foyer qui a des principes et qui les respecte. Et un principe, ce n'est pas quelque chose qui vous est naturel, c'est un choix que vous élevez au rang de règle et qui ensuite se met à gouverner votre vie et tout le reste. Votre quotidien doit être la paix et des actes qui aideront à vivre le plus longtemps possible en paix. Rappelez-vous que le mariage est une histoire de contact : entrer en contact et rester en contact « jusqu'à ce que la mort nous sépare ». Et quand cette communion-là semble vous quitter à cause d'une situation, vous pouvez garder en tête cette phrase: « Les deux partenaires doivent continuer à remplir leurs exigences l'un envers l'autre », notamment les exigences qui vous conduiront à dialoguer. Voici les actions que vous pouvez mettre en place :

I. Le matin – Toujours prendre des nouvelles de son partenaire

Dire bonjour au réveil et demander à l'autre comment il va vous semble logique, n'est-ce pas ? Vous seriez surpris de voir à quel point il n'est pas du tout naturel de prendre des nouvelles de la personne avec laquelle nous sommes en froid. Alors qu'il s'agit avant tout, d'instaurer un dialogue pour délier ce nœud qui est entre vous deux. Il vous permettra d'installer une autre atmosphère et, parfois pour les plus courageux, d'aborder directement l'objet de votre dispute. Alors établissez-vous comme principe de toujours prendre des nouvelles de l'autre au petit matin. À celui qui dit bonjour, il convient de toujours lui répondre et de lui demander également comment il a dormi. Cela peut vous faire rire et paraître bête, surtout si vous n'avez pas encore été confronté à cela. Mais croyez-moi, il existe des couples qui passent deux semaines voire un mois sans se dire : « bonjour mon cœur, as-tu bien dormi ? » Or, n'oubliez pas que ce sont les petits termites qui détruisent une maison délabrée.

II. Continuez à faire votre part

Par exemple, continuez à faire à manger. Un proverbe dit qu'« un ventre affamé n'a point d'oreilles ». Si à chaque dispute, la femme refuse de cuisiner, elle ajoute de l'huile sur le feu. Avez-vous déjà vu le visage d'une personne qui sort d'une table bien garnie ? Il est rayonnant, gai, reposé. La personne en question n'a qu'une seule envie, c'est de s'allonger et de digérer. Or, il est frustrant pour un homme qui rentre le soir d'ouvrir son réfrigérateur et de le trouver vide parce que la femme a voulu le punir. Cela fait enrager. Et inversement, rien de pire pour une femme qu'un homme qui décide de l'humilier en arrêtant de payer les charges ou en agissant de façon négative. Nous avons connu un couple où celle qui était fâchée prenait la voiture et rentrait seule, laissant ainsi l'autre rentrer en transport en commun ou en taxi. Pensez-vous que de tels actes puissent faciliter le retour à la paix ?

III. Toujours continuer à aider l'autre

Il y a des choses dans le mariage qu'on ne peut pas faire seul·e. Si on se marie, c'est aussi surtout pour faire les choses à deux. Si vous avez des enfants, vous n'allez pas refuser d'aller récupérer vos enfants à l'école au motif que vous êtes fâché contre votre femme et que vous voulez la laisser se débrouiller. Si vous avez pour habitude d'aider votre femme dans le ménage ou de donner le bain aux enfants le lundi, vous devez continuer à le faire. Aussi, quand vous rencontrez des difficultés, ne mélangez pas tout.

Faire l'amour par exemple, est un besoin naturel alors continuez à vous amouracher. Ça paraît simple à dire, nous le savons. Mais souvent, vous arriverez à résoudre le problème plus facilement, car vos deux esprits seront plus détendus. Il a été souvent dit que les rapports sexuels faisaient du bien au corps, à l'esprit et en même temps à l'âme. Vous serez alors mieux disposé à échanger. Et un couple qui se donne souvent l'un à l'autre, qui est épanoui sexuellement est un couple complice. Proverbes 5 :15 dit : « Ta femme est comme l'eau de ta citerne et celle qui jaillit de ton puits. Bois de cette eau ! Ne laisse pas ta source couler au dehors et sur la place du marché. Garde-la pour toi seul, ne la partage pas avec des étrangers ! Trouve ta joie avec la femme choisie dans ta jeunesse : elle est affectueuse comme une biche, charmante comme une gazelle. Rends-la heureuse. Que son corps te remplisse toujours de joie. Sois toujours fou d'amour ». Alors essayez de ne pas vous priver de cela. Efforcez-vous de vous tenir à vos principes et la paix sera garantie.

Mais dans d'autres circonstances, il vaut mieux régler le souci d'abord par le dialogue. Vous verrez le visage en face se détendre et vous passerez ensuite un très bon moment. La réconciliation est comme une retrouvaille avec une personne perdue de vue il y a des années. Elle a un pouvoir, celui d'amplifier nos sentiments et notre amour envers la personne aimée. On retombe sur notre petit nuage et on s'amourache avec beaucoup plus de passion. Les mariés comprennent très bien de quoi nous parlons ici.

C'est à vous d'écrire : connaissiez-vous ce principe ? Quelles autres actions pouvez-vous mettre en place ?

Chapitre II – Le principe de la communication efficace

La Bible dans Proverbes 15 nous dit : « Une réponse douce calme la fureur (apaise la colère), mais une parole dure (blessante) excite la colère (l'irritation). Des paroles réconfortantes (la langue douce) sont un arbre de vie, mais la langue perverse (malfaisante) brise l'âme, démoralise. » En effet, si nous voulons garder des paroles douces tout au long de nos discussions, comme la Bible nous y incite, il nous faudrait travailler sur nous-mêmes en mettant en place des indispensables. Comme avec la communication continue, la communication efficace permet un dialogue serein, de telle sorte qu'aucun des époux ne se braque et ne se mette sur la défensive. Comment s'y prendre ?

I. Éradiquez de votre vocabulaire certains mots

Nous vous proposons de bannir dans vos discussions de couple et même entre amis des mots comme « toujours, tout le temps, jamais, ce n'est pas grave, c'est bon, et va-t'en de chez moi », lorsqu'ils sont utilisés pour mettre fin à une discussion dont on veut s'échapper.

Ne prononcez pas des phrases du type : « Tu ne m'aides jamais », « Tu es toujours ainsi », « Tu es tout le temps sur ton téléphone, tu n'es jamais là, tu es toujours en train de crier ». Votre remontrance est sans aucun doute justifiée, nous n'en doutons pas, mais sans le savoir, ces phrases poussent à être sur la défensive. Car en réalité, ces plaintes ne sont souvent pas vraies. Il n'existe pas d'homme qui n'aide jamais sa femme ni de femme continuellement en train de crier. Si vous en trouvez, sachez que cette femme ou cet homme qui parle ainsi n'est simplement pas sincère et pas très reconnaissant·e.

Certaines femmes crient souvent, oui, certains hommes n'aident pas parfois leur femme, ça arrive. C'est dans ce sens que vos discussions doivent aller.

Si vous dites : « tu ne sors jamais avec moi et me laisses tout le temps à la maison », cela décrit davantage un sentiment d'ingratitude et moins cette tristesse que vous cause le fait de ne pas sortir assez avec votre partenaire. Cela signifie : « depuis que l'on est ensemble, nous ne sommes jamais sortis et je suis enfermé·e inlassablement dans cette maison dans la plus profonde des solitudes. » Ce qui n'est sans doute pas vrai. Soyez honnête et réfléchissez bien, vous êtes bien sorti un jour avec votre partenaire pour aller voir des amis ou la famille. Vous êtes donc déjà bel et bien sorti avec votre partenaire. L'adverbe jamais n'a donc pas sa place dans votre vocabulaire et le destinataire du message a raison d'être sur la défensive et donc de ne plus pouvoir dialoguer ou se braquer.

II. Ayez un petit surnom mignon

Le fait d'appeler son conjoint par un nom affectif peut vous aider à garder la même tonalité lorsque vous devrez avoir des discussions houleuses. Cela permettra également de mieux faire passer le message sans paraître trop dur ou trop cru. Vous avez le choix : chéri, mon amour, mon chouchou, mon cœur, bae, grand chef, Igwe na nga, Olomi, my everything, myou (mon mari), mibian (mon homme à moi, il m'appartient), roi de mon cœur… Ici, vous pouvez laisser courir votre imagination à l'envi et même copier notre mère Sarah qui appelait Abraham « mon seigneur ». Libre à vous.

En effet, si votre conjoint commence une discussion par vous dire : « Ma douce, est-ce vraiment juste ce que tu fais ces derniers temps, chérie ? »; vous n'aurez pas la même écoute que s'il venait et vous disait : « est-ce juste ce que tu fais ces derniers temps ? » Votre réponse n'aura pas la même tonalité et d'ailleurs, en les lisant, nous sommes sûrs que vous avez employé un autre ton entre la première phrase et la deuxième, pas vrai ? Eh bien, c'est aussi comme ça que la personne qui vous écoute reçoit le message. Optez pour des mots doux.

Petit exercice : durant une semaine, appelez votre partenaire par différents noms, par exemple à raison de deux noms affectifs par jour. À la fin de la semaine, demandez-lui quel nom affectif produit le plus d'effet dans son cœur. Cela pourra vous donner un drôle de sujet de discussion et vous permettra de casser la routine.

III. Prenez du recul, n'agissez pas à chaud et créez le moment favorable

Proverbes 16:32 renchérit: « Celui qui est lent à la colère vaut mieux qu'un héros, et celui qui est maître de lui-même que celui qui prend des villes ». Il est plus difficile d'avoir des paroles douces dans le feu de l'action. Prenez le temps d'analyser les choses en toute objectivité, de peser le pour et le contre et de digérer la situation. Vous saurez ainsi relativiser. La colère est une émotion bien trop puissante pour prendre des décisions sous son emprise. Alors ne réagissez pas à chaud si vous voulez avoir continuellement des paroles douces. Apprenez à penser en amont, à réfléchir sur le sujet qui vous préoccupe, en voyant les intérêts du couple et ce que la Parole de Dieu enseigne à ce sujet avant même d'ouvrir une discussion avec votre conjoint·e. Si cette chose continue à vous préoccuper, créez l'atmosphère adéquate pour mettre le sujet sur la table.

En effet, une communication saine requiert le bon ton au bon moment. Étudiez les habitudes de votre conjoint, vous verrez qu'il est plus enclin à la discussion à certains moments, par exemple après avoir mangé, ou fait la sieste, en sortant de la douche, lorsqu'il lit. Pourquoi ne pas changer d'endroits ? Organiser un voyage surprise dans la ville d'à côté ? Cela vous permettra également de casser la routine. Être dans un nouveau décor, vous mettra dans une toute autre atmosphère. Tout ce qui est nouveau, est connu pour être beau. Un nouveau jouet que vous venez d'acheter à votre enfant va l'émouvoir et l'amener à le choyer. Mais des semaines après, il n'aura pas de mal à le délaisser. Alors n'hésitez pas à multiplier de nouveaux moments pour profiter de cette petite magie et mettre les points sur les i.

IV. Ne faites de généralités

Ce principe fait suite au premier. Pour arrêter de généraliser, évitez d'utiliser les adverbes et les phrases que nous avons évoqués. Les généralités ne sont jamais vraies. Cependant, se cache une part de vérité dans chaque généralité. En utilisant « tout le temps », « toujours », « jamais », vous généralisez. Mais avec « parfois », « de temps en temps » « pas assez », vous donnez un contexte.

Pour éviter les généralités, il est conseillé de parler des faits. Lorsque vous voulez aborder une conversation dans le but de faire des remarques, des reproches à votre conjoint·e ou même votre ami·e, soyez concret·ète, objectif·ve et précis·e. Au travail, lorsque votre manager vous convoque pour un avertissement par exemple, il se repose sur des éléments clairs, objectifs et concis : la pointeuse, le nombre de journée où vous n'étiez pas présent·e, le nombre de réunions au cours de laquelle vous êtes arrivés en retard, etc. Alors faîtes de même dans votre foyer :

— Mettez en lumière les actions répétées de la personne. Il rentre quatre fois dans la semaine très tard, vous laissant seule avec les enfants. Ici, le reproche est fondé car il y a répétition sur plusieurs jours à une heure très tardive et effectivement, vous vous retrouvez seule. Vous pouvez dire : « Tu sais mon cœur, j'ai constaté que depuis un mois, tu rentrais… »;

— Citez, répétez les mots que la personne utilise ; vous obligez ainsi sa conscience à se rappeler qu'effectivement, c'est ce qui a été dit ce jour-là.

— Situez toujours vos propos dans un contexte : « On ne sort jamais » n'est pas la même chose qu'« on ne sort pas souvent en tête-à-tête », ni que «ça fait un bon moment que nous n'avons pas eu de sortie rien que nous deux, la dernière remonte à il y a six mois à l'occasion de notre anniversaire de mariage » .

Vous verrez à quel point mettre en place ces principes permettra d'ouvrir la discussion et de ne pas se braquer.

V. Développez l'écoute active

Le premier outil de communication est l'écoute. Si on n'écoute pas, on ne peut pas entrer en communication et on reste par définition avec soi-même. On reste souvent cantonné à ce qu'on pense et à ce qu'on veut dire alors que pour communiquer, il faut savoir d'abord écouter. L'écoute active, selon Carl Rogers, est « une posture de bienveillance afin que tout un chacun puisse s'exprimer sans crainte d'être jugé ». Elle suppose d'activer son empathie, de réussir à ressentir les sentiments de l'autre sans se mettre à sa place. Elle donne à chacun le même droit de s'exprimer et se traduit par des petits changements. Par exemple, laisser l'autre finir sa phrase.

Contrairement à ce que l'on croit, le premier outil de l'écoute n'est pas tant l'audition, mais la vue, le regard. La première fois que l'on entre dans un endroit, ce sont nos yeux qui nous informent sur le nombre de personnes, les couleurs, les bâtiments, etc. Alors où sont vos yeux lorsque l'on vous parle ?

Cette écoute active se nourrit par la disponibilité. Cette aptitude permet lors d'un échange de ne pas se laisser parasiter par des informations extérieures comme le téléphone ou la télévision. Elle permet donc une communication coopérative où chacun doit permettre à l'autre de s'exprimer.

Par exemple, pour apprendre à développer votre écoute, voici quelques actions à mettre en place :

– N'interrompez pas autrui ;

– Jouer au jeu du « oui mais ». Il suppose de ne pas contredire directement votre interlocuteur. « Oui, je comprends ce que tu dis et tu as raison en partie, mais d'un autre côté ». Cela vous poussera à écouter avant de contredire et à chercher la solution la plus juste pour chacun de vous.

C'est à vous d'écrire : que vous inspire ce chapitre ? Quel élément souhaiteriez-vous mettre en place ?

Chapitre III – Pourquoi les couples ont-ils du mal à communiquer ?

I. Les éléments rendant difficile l'échange

1. Le manque de patience l'un envers l'autre

Si à la moindre erreur de votre partenaire, vous vous tapez dessus et vous vous emportez, vous allez vous épuiser et passer pour un·e rabat-joie. Apprenez à être patient·e. Nous ne comprenons pas les choses de la même façon, à la même vitesse. Si votre partenaire semble lent·e à comprendre certaines choses qui vous semblent pourtant évidentes, soyez patient·e et ne vous lassez pas de lui faire comprendre. Ne dit-on pas que la répétition est la mère des sciences ? Acceptez que ce que vous voulez bâtir en votre partenaire prenne du temps. Soyez patient·e comme le Christ l'est envers nous. Il continue à user de bonté malgré notre lenteur et nos difficultés de compréhension. La patience peut aussi se montrer dans le fait de banaliser certains actes et dans la capacité à encaisser certaines choses. Un couple d'amis se disputait souvent à cause du micro-onde. La femme oubliait toujours de le fermer après avoir fini de l'utiliser. Agacé et exaspéré, son époux ne disait plus rien. Il repassait derrière elle et le fermait tout simplement. Il n'y a plus jamais eu de dispute à ce propos !

2. Vouloir s'expliquer et se justifier à tout prix

C'est le plus grand piège dans la communication. Selon le dictionnaire Larousse, la communication est « l'action de transmettre quelque chose ; c'est un échange verbal entre un locuteur et un interlocuteur dont il sollicite une réponse. » Le but de la communication est de transmettre quelque chose et non de faire comprendre la raison de nos actes. Nous avons tous une logique propre qui modèle notre perception du monde, nos valeurs, nos situations. Vouloir s'expliquer à tout prix est donc par essence une erreur et ce n'est pas cela le but de la communication.

Si en vous expliquant, vous arrivez à faire comprendre la raison de votre acte, votre interlocuteur ne sera peut-être toujours pas d'accord avec vous. Car nous sommes différents, nos choix et nos actes sont intimement liés à notre perception de la vie, qui est propre à chacun·e. Ne cherchez donc pas à vous étaler durant de longues heures, cherchez à transmettre votre message sans pour autant vous attarder sur votre vision des choses, car elle ne fera pas l'unanimité à moins d'être une vérité établie. Voilà pourquoi la Parole de Dieu qui est Vérité doit être notre vision de la vie afin d'être sûrs que ce que nous pensons, l'acte que nous faisons, fera l'unanimité dans notre couple car basé sur la Parole de Dieu.

Vouloir à tout prix se justifier, dans la plupart des cas, n'est donc qu'une perte de temps. Comprenez ce que l'on vous reproche et pourquoi, acceptez ensuite vos torts quand ils sont évidents, et promettez d'essayer de travailler dessus.

3. L'orgueil et le manque de pardon

Lorsque nous laissons l'orgueil prendre le dessus, nous ne pouvons pas avoir une communication saine. Soit on sentira que notre estime est attaquée et donc on sera sur la défensive, soit on va se sentir dominé·e et humilié·e et donc, on va vouloir vite terminer la discussion pour ne plus dialoguer.

Le pardon doit être presque automatique au sein d'un couple. Après l'amour, c'est la chose la plus importante dans le foyer. Sans pardon, il n'est point de couple heureux, sans pardon, pas de paix dans le couple, sans pardon vous n'aurez que frustration et aigreur. Le manque de pardon chasse la soumission, amène la rébellion et diminue l'amour. Le manque de pardon vous tuera. Ainsi, celui et celle qui entrent dans les liens du mariage en Christ, doivent être conscients que ses meilleurs amis après l'amour, et la prière sont le pardon et la communication.

Il n'y a pas de vraie communication sans pardon. Si à la fin d'une conversation, vous avez toujours cette boule de colère et de rage dans votre cœur, c'est que vous n'avez pas bien communiqué. Il faut vous libérer du poids qui vous oppresse. Soyez un.e partenaire qui laisse le temps à l'autre de s'exprimer sur ce qui le blesse. Il n'y a rien de plus frustrant qu'une personne qui parle sans cesse sans laisser à l'autre le soin de dire ce qui se passe dans son cœur. La communication est un échange. Elle suppose un dialogue et en retour une écoute active.

Comment savoir si vous êtes en train de communiquer sainement ? Appliquez la formule communication = dialogue + écoute active. Ensuite, vous verrez que tout au long de la discussion, plus vous écouterez, communiquerez sur le sujet qui vous oppresse, plus vous vous sentirez de plus en plus libres tous les deux. Les frustrations partiront l'une après l'autre. Les incompréhensions s'éclairciront et vous vous sentirez de plus en plus léger jusqu'au moment où le mot « pardon »fera son entrée dans la discussion.

Quand on pardonne, cela implique de ne plus revenir sur le sujet, de ne plus le laisser refaire surface, à moins que cela devienne un sujet de rigolade ou de taquinerie.

Il est important de savoir qu'au sein du couple, vous ne pardonnez jamais pour votre partenaire, vous pardonnez pour votre propre bien. Une femme ou un homme qui veut que son foyer avance et soit un havre de paix est une personne qui pardonne facilement et apprend de ses erreurs. Il n'y a pas plus grand secret. Vous pouvez être une femme de prière, mais si vous ne pardonnez pas, vous ne pourrez jamais jouir du bonheur que le Seigneur vous réserve.

Le pardon implique de regarder devant et de laisser ce qui s'est passé derrière. Le pardon est une force qui vous libère et qui vous donne assez d'énergie pour continuer à bâtir.

4. Le manque de remise en question

Une personne qui ne se remet jamais en question est une personne qui n'évoluera jamais. Il est prouvé que dans un couple, les torts sont à 90 % partagés. Il n'y a pas de coupable et de victime, il y a deux coupables et deux victimes sur des points différents. Se remettre en question, c'est donc faire preuve d'humilité et accepter que l'on n'est pas parfait·e, que l'on ne connaît pas tout et que l'on peut se tromper et avoir tort. Se remettre en question facilite la communication dans le couple.

5. Le manque d'éducation sur la communication et l'absence d'une amitié avec son partenaire

Chaque humain est doté de certaines qualités. Certains sont réservés, introvertis, d'autres sont extravertis, timides, culottés, etc. Tous ces caractères ont une influence sur notre capacité à communiquer. Mais quoi qu'il en soit, la relation avec sa moitié doit pouvoir dépasser tout cela et instaurer une certaine amitié, à tel point que votre partenaire devienne votre confident numéro 1.

Nous avons connu Nadège, qui avait du mal à communiquer avec son époux. Nadège est chrétienne et son mari Léon aussi. Mais Nadège ne pouvait pas en placer une. Elle acceptait tout ce que son mari lui demandait. Nadège se sentait comme un objet de décoration dans son mariage, comme un rideau, m'a-t-elle dit un soir. Elle avait pourtant, des idées, des envies, mais elle était incapable de lui en parler. Nadège a grandi dans une famille très conservatrice où la femme avait très peu le droit d'échanger avec son mari. Les femmes ne mangeaient pas à table avec les hommes, elles restaient dans la cuisine. Ce système l'a toujours dérangée. Elle avait hâte de se marier un jour pour pouvoir s'exprimer et instaurer un vrai sentiment d'appartenance et d'amitié avec son époux. Aujourd'hui, elle tombe des nues, car elle se rend compte que son éducation la rattrape et qu'ils n'avaient pas réellement pris le temps d'instaurer une relation amicale avec Léon. Son mari décide de presque tout à sa place, de ses vêtements aux chaussures qu'elle doit porter. Très vite, elle a commencé à être aigrie et triste. Ne sachant pas à qui se vouer, elle a fait appel à une de ses tantes, Patricia. Elle l'appelait à chaque fois qu'elle se sentait frustrée. Voilà où ont commencé ses multiples ennuis.

Nous vous invitons à faire de votre partenaire la première personne à qui vous vous confiez quand vous vous sentez mal. Ne faites pas systématiquement appel à une personne extérieure. Et lorsque vos frustrations sont causées par lui ou par elle, vous pouvez d'abord prier. Souvenez-vous de Maria. Et ensuite, laissez le Saint-Esprit vous guider vers une personne qui aura les bons mots. Dieu peut aussi vous parler par l'intermédiaire d'une personne sans que vous ne lui fassiez état de ce que vous traversez. Il peut vous parler au moyen d'une émission, au moyen de Sa Parole et au moyen de la voix intérieure, le Saint-Esprit qui est en vous.

Cherchez donc à développer une réelle amitié et complicité avec votre partenaire. Vous pouvez jouer ensemble, comme Rebecca et Isaac. Cela développera votre complicité. Gen 26 :8 : « Comme il était déjà depuis assez longtemps dans le pays, Abimélek, le roi des Philistins, regardant par la fenêtre, surprit Isaac en train de s'amuser avec Rébecca sa femme ». Vous pouvez faire des jeux d'intérieurs comme d'extérieurs :

des jeux de cartes, de dames ou Lido, action ou vérité, le Scrabble, une partie de basket, de PlayStation. Vous pouvez aller patiner ensemble. Vous pouvez parler de votre jeunesse, comment vous avez grandi, faire des devinettes. Et petit à petit, intégrez des choses plus intimes, vos frustrations et déceptions. Vous pouvez également utiliser l'écriture pour apprendre à mettre des mots sur ce qui vous chagrine et ensuite lire votre prose à votre partenaire. Rien ne vous empêche d'envoyer une lettre à votre époux·se lorsque vous manquez de confiance en vous pour affronter ses regards et ses injonctions. En ne le faisant pas, vous étouffez.

Si vous vous êtes mariés, c'est que vous vous aimez n'est-ce pas ? Votre partenaire n'est pas forcément méchant·e. Par exemple, lorsque Patricia appelait Léon pour lui reprocher son comportement à l'égard de Nadège, il écoutait et essayait d'y remédier. Léon, inversement, se plaignait du fait que Nadège ne lui parlait pas. Il ne cessait de répéter : « Je ne suis pas un mouton Nadège, je suis un être humain. Si tu me parles, je comprendrai ». Nous avons compris par-là que peu de couples ne savaient vraiment vivre ensemble, car ils ne communiquaient pas assez. Ce n'est pas trop tard, toute chose s'apprend dans la vie. La femme aime être écoutée. Même si vous n'appliquez pas à la lettre ce qu'elle vous demande, montrez-lui que vous aimez qu'elle vous parle.

II. L'impact des paroles à connotation positive au sein du couple

Vous l'avez peut-être remarqué, au début de ce livre, nous avons utilisé le terme « défi » pour évoquer les difficultés qui peuvent surgir au sein du couple. Nous n'avons pas souhaité parler de « problèmes ». Notre conviction, forte et profonde, est ce qui fait notre vision de la vie. Certaines choses dans le mariage vous feront de la peine, vous amèneront même à vous remettre en question et à demander au Seigneur avec un cœur saignant : « Pourquoi Seigneur, qu'ai-je fait ? » Mais ici, nous ne qualifions pas ces circonstances de problèmes mais plutôt de défis et c'est voulu. Personnellement, nous ne croyons pas qu'il existe de problèmes dans le mariage. Nous croyons plutôt, pertinemment, qu'il existe des défis à relever dans le mariage encore plus en tant que chrétien.

Par définition, un défi est une « situation difficile se présentant à quelqu'un ou à un groupe ». C'est une épreuve sportive dans laquelle le gagnant devient détenteur d'un objet ou d'un prix jusqu'à ce qu'un concurrent, dans une épreuve ultérieure, l'en dépossède. Dans notre langage quotidien, lorsqu'une personne nous annonce qu'elle a un problème, nous pensons que quelque chose d'irrémédiable lui arrive. Nous pensons moins à la solution mais plus à la cause. Nous avons tendance à chercher un coupable.

Un problème, selon le Larousse, est une « question à résoudre qui prête à discussion, dans une science… C'est une situation instable ou dangereuse exigeant une décision ; Point sur lequel on s'interroge, qui fait l'objet d'argumentations, de théories diverses, Conflit intérieur, trouble d'ordre affectif qui empêche un équilibre psychologique. » On ne parle pas d'action, mais plutôt de décision. Or, nous savons que lorsque vous construisez, ce ne sont pas tant vos décisions ou discussions qui sont importantes, mais ce sont vos actions. Le problème vous pousse à ressasser la chose, à parler et parler sans véritable changement derrière. Regardez la connotation qui s'y cache. Tous ces mots amplifient la situation et nous empêchent de nous concentrer sur ce qui doit être fait. Ils mettent en avant des causes, des conséquences, mais aucune action ni but, là où la définition du défi parle de remporter un prix.

Sans le savoir, des mots ou des nouvelles à fortes connotations négatives envoient des signaux péjoratifs à notre cerveau. Ces signaux affaiblissent notre foi et amoindrissent notre capacité de réflexion objective. Nous agissons plus par émotion que par raison. Observez dans votre entourage tous ces gens qui vous racontent sans cesse leurs problèmes. Ils ont du mal à prendre une décision ferme pour s'en sortir. Ils peuvent vous expliquer leur situation chaque semaine avec des détails, des pourquoi…

Or, être mis au défi n'est certes pas agréable, mais le but n'est pas de nous faire du mal. L'objectif est de nous pousser à sortir de notre zone de confort, à apprendre, à chercher et à mettre en place des solutions et des actions qui nous aideront à remporter un prix. Le défi survient pour une raison. Et toujours par définition, un défi a un caractère temporel (il n'existe plus dès que le prix est remporté), alors qu'un problème, dans notre imaginaire, semble durer une éternité.

Qu'est-ce qui fait que de deux personnes ayant vécu des humiliations, du rejet, l'une va réussir et l'autre va échouer ? Lorsqu'enfant, les gens n'ont pas cru en vous, qu'ils vous ont restreint·e, qu'ils vous ont dit que vous ne valiez pas plus qu'un sou, rien de bon ne pourra sortir de vous. On vous a fait croire que vous étiez un échec.

Hypothèse 1 : vous acceptez cette humiliation, ce rejet, comme un défi à relever. À partir de là, ce défi vous hante à chaque étape de votre vie. Vous aimeriez prouver à tous qu'ils avaient tort. Vous vous fixez des objectifs et toute votre pensée regarde en avant. Vous travaillez dur. S'il vous arrive de regarder en arrière, c'est dans le but de vous rehausser quand vous avez une baisse d'énergie et de motivation.

Hypothèse 2 : Vous considérez cela comme un problème. Cela vous blesse tellement et détruit l'estime que vous pouvez avoir en vous. Vous grandissez avec des complexes, un manque de confiance en vous. Vous avez de la jalousie, de la rancœur, de l'envie. Comme vous le percevez comme un problème, il ne pourra pas vous donner de la force pour rebondir dans la vie. Vous allez rester là, dans des plaintes continuelles, sans mettre en place des actions pour contredire ce que l'on avait prévu pour vous. Et ces humiliations-là seront votre refrain. C'était et c'est toujours un problème pour vous.

Pour toutes ces raisons, nous n'utilisons pas le mot problème tout au long de notre propos ou tout autre mot pouvant donner une dimension pire à un événement. C'est donc un travail que vous devriez apprendre à faire pour diminuer l'influence néfaste du langage dans votre être intérieur. Car chaque parole, chaque pensée émet des ondes et des énergies. Or, une énergie est une substance qui n'est pas perceptive dans notre dimension. Elle attire dans le monde métaphysique des faits correspondants qui se matérialisent dans notre monde physique. Souvenez-vous de notre partie 1, sur le monde métaphysique. Plus l'on pense à ce qu'on appelle « problème », plus on réfléchit à ces choses qui nous font du mal, plus ces choses vont se matérialiser dans nos vies. C'est la loi de l'attraction.

Aussi, étant chrétiens, nous croyons fermement que tout ce qui nous arrive était connu de Dieu préalablement. Par conséquent, nous n'avons pas de problèmes car rien n'arrive par hasard et sans but. Mais nous avons bien des défis qui sont des épreuves présentes dans nos vies à un moment donné pour nous apporter une victoire. Car par essence, ce qui fait du Seigneur Jésus-Christ un Dieu, c'est sa capacité à avoir obtenu La victoire éternelle sur le péché et tout ce qui nous empêchait d'avoir cette communion parfaite entre Lui et le premier couple.

À Golgotha, Jésus n'était pas en train de régler un problème (réfléchir sur un élément, tenir des discussions, des discours…) mais Il relevait le défi de l'humanité que personne n'avait pu relever ni trouver suffisamment digne (cf. AP. 5:10). Cela lui a demandé beaucoup d'amour (pour se donner), beaucoup d'humilité (pour se rabaisser au même niveau que les humains). Cela lui a valu beaucoup de résilience, de courage (épreuve de

Gethsémané), de patience (Il a dû attendre 33 ans pour arriver au bout de ce défi). Et finalement, il a remporté le prix, nos âmes rachetées, vivant pour Lui et soupirant comme Lui.

Le reproche pourrait nous être fait de tourner autour du pot. Mais savez-vous que le mot « problème » n'existe pas dans la Bible française ? Petit exercice d'une minute : ouvrez une page Google, tapez Bible (vous pouvez par exemple aller sur la page saintebible.com). Vous y êtes ? Faites une recherche dans le texte. Allez, commençons par le mot « amour ». Vous allez trouver 1 315 résultats. Tapez ensuite le mot « problème ». Alors ? Zéro résultat.

Ne négligez donc pas les mots et paroles que vous utilisez. Vous seriez surpris·e du pouvoir qu'ils ont sur notre subconscient, notre corps et sur notre capacité à communiquer et à se faire comprendre. Proverbes 18: « C'est du fruit de sa bouche que l'homme rassasie son corps, C'est du produit de ses lèvres qu'il se rassasie. La mort et la vie sont au pouvoir de la langue ; quiconque l'aime en mangera les fruits ».

C'est à vous d'écrire: quel est votre plus grand frein pour communiquer ? Que pouvez-vous faire pour y remédier ?

Au début de ce livre, nous sommes partis des choses surnaturelles (les vérités oubliées, les dimensions de l'être humain), à la matérialisation de celles-ci. Nous venons ensuite de voir dans la partie II, la communication. Comment avoir une communication saine et pourquoi devrons-nous communiquer. Une fois marié·e, Il existe au moins trois autres choses qui seront votre quotidien, à part la communication : le manger, le sexe, les finances. En fonction de votre réalité, à cela peuvent s'ajouter, les relations, la famille. Notre exposé serait donc incomplet sans prendre en considération au moins certains de ces éléments qui entourent le mariage. Car leur bonne ou mauvaise gestion va impacter à différents degrés votre foyer.

Partie IV – Les autres parties composantes

La complexité de la notion du mariage vient du fait qu'il ne se cantonne pas aux murs de la maison. L'amour que les époux ressentent l'un envers l'autre est d'une importance capitale. C'est le commencement du mariage. Mais dans un certain contexte, l'amour seul ne suffit pas pour faire un mariage heureux. Car les mariés doivent savoir composer avec des éléments qui leur sont extérieurs : le passé, le travail, la famille, les amis, l'environnement, les enfants. Tout cela fait en sorte que le mariage n'est plus seulement l'histoire de deux personnes. Plusieurs paramètres entrent en compte. Ces paramètres diffèrent d'une personne à l'autre selon l'éducation, la culture, l'environnement dans lequel nous vivons. La culture africaine, par exemple, n'a pas le même rapport avec la famille que la culture européenne. Vous devez tenir compte de ces composantes si vous voulez maintenir la paix dans votre famille.

Chapitre I – Si seulement l'amour suffisait

I. Les blessures intérieures

Nous minimisons l'impact des blessures intérieures dans la vie d'un Homme. Ces traumatismes passés, que vous n'avez jamais réussi à nommer ni à en parler. Vous savez, les blessures intérieures sont de divers genres. Cela peut être des évènements que vous avez vécus dans votre entourage, lors de vos anciennes relations avant d'être en Christ ou même une fois en Christ, un environnement toxique dans lequel vous avez évolué, des paroles atroces que l'on vous a souvent dites. Ce sont toutes ces choses amères qui sont restées des mémoriaux dans votre mémoire. Ces blessures deviennent des antécédents qui vous mettent dans un état de garde alors que le danger n'est plus d'actualité. Par exemple, si vous avez été mordu par un chien lorsque vous étiez petit, à chaque fois que vous verrez un chien, cela suscitera en vous une réaction de méfiance. Vous aurez la phobie des chiens. Que ce chien soit un chien dressé, cela ne change rien pour vous. Vous détestez les chiens. Vous avez un antécédent qui a fait naître un traumatisme et ce traumatisme dresse un automatisme pour vous protéger. Votre premier réflexe serait de vous éloigner, de changer de voie tout de suite, de fuir.

Dans le couple, il arrive que l'un des partenaires ait souvent des réactions déplacées par rapport à une situation, des réactions contradictoires ou non proportionnées. En réalité, cela n'a aucun rapport avec vous personnellement. Mais vous êtes celui ou celle qui en paye le prix.

Comment déceler cela ? Soyez attentif·ve et analytique. Lorsque vous remarquez que votre partenaire a un comportement étrange voire disproportionné à chaque fois que vous parlez de x ou y problématiques, sachez qu'il y a anguille sous roche. Cherchez à creuser en profondeur. Ne vous laissez pas emporter mais pointez le problème du doigt en le nommant et ensuite dialoguez.

Nous avons connu un couple Brandon et Eloïse, qui se disputait beaucoup à cause de leur voiture. Lorsque Brandon ne pouvait pas rendre un service qu'Eloïse lui demandait, une course à faire en voiture par exemple, elle le prenait si mal, qu'elle se braquait. Elle se mettait à avoir des paroles déplacées. C'était ainsi à chaque fois qu'il y avait quelque chose à faire en lien avec la voiture. Un jour, l'homme exaspéré, a cherché à comprendre ce phénomène. Pourquoi devons-nous nous chamailler pour une voiture ? Quelque chose qui devrait nous faire du bien et nous aider, était devenu un sujet de dispute. Alors ce jour-là la femme lui avoua qu'étant enfant, son père et sa mère avaient investi dans une voiture. Un jour, alors qu'ils rentraient des courses, une dispute éclata dans la voiture. Son père demanda à sa maman de descendre et de ne plus jamais y remettre pied. Elle se sentit humiliée devant les enfants et devant tout le quartier. Cette voiture est devenue plus tard un taxi pour les maîtresses de son père. Alors à chaque fois que son mari lui rétorquait son impossibilité de prendre la voiture et de l'aider à faire une course, son incapacité à venir la chercher à x endroit, elle se sentait humiliée au même titre que sa mère l'avait été ce jour-là. Cela la poussait à se mettre en colère et à faire éclater une dispute. Depuis ce jour-là, ils avaient réussi à trouver le réel problème. Son mari s'excusa du sentiment d'humiliation que ressentait son épouse et lui expliqua qu'en aucun cas son désir était de l'humilier. Elle était une partie de lui et tout ce qui lui appartenait était aussi à elle. Ce problème fut à jamais réglé.

Voici un exemple banal de ce que les blessures intérieures peuvent causer. Comment ne pas être disposé à faire une course en voiture et dire non, était une cause d'humiliation ? Il n'y a aucun rapport, sauf un antécédent dont seule l'épouse avait connaissance. Sans cette information, le comportement de l'épouse est totalement disproportionné. Connaître le fond de l'histoire a changé toute la donne et a permis de mettre fin à une crise de couple répétitive.

Les blessures intérieures vous rendent si susceptibles. Elles changent votre perception à comprendre et votre capacité à agir de manière rationnelle. Parce qu'elle relève de l'émotion, de votre mémoire, les blessures intérieures modifient votre comportement. Cela est une composante à prendre en compte avec beaucoup de sérieux. Vous n'êtes toujours pas la ou le fautif·ve. Parfois, un mal plus profond se cache derrière vos disputes répétitives ou vos incompréhensions. Trouvez-le et soyez le baume à Galaad de votre partenaire. Cela ne pourra que faire du bien à votre relation.

II. Les rancunes

Prenons une image : avez-vous déjà vu une personne croquer dans une pomme ? Alors imaginez que votre amour est une pomme. Au début, elle est de forme parfaite et du rouge le plus éclatant qui soit.

Un jour, vous vous disputez avec votre époux. Cette pomme (symbole de votre amour) a donc reçu un coup. Elle vient d'être croquée. Après cette dispute, la pomme présente donc un trou. Si vous ne le couvrez pas et que vous n'essayez pas de le soigner, votre pomme sera visitée, au bout de quelques jours, par des insectes. Ces insectes vont tourner tout autour pour venir déposer des semences sur cette partie qui a été croquée. Ces insectes-là, ce sont souvent votre susceptibilité, vos pensées puis les propositions du diable. Des mauvaises pensées commenceront à vous tarauder l'esprit, vous allez vous victimiser : « c'est toujours moi qui fais, il est toujours comme ça, il faut peut-être que je prenne mes précautions, un jour ça pourrait peut-être finir, vous gardez rancune… »

Si vous ne faites rien et que vous laissez les jours passer, ces semences injectées dans la pomme vont commencer à germer et à infecter tout le fruit. Ces mauvaises pensées vont vous pousser à vous comporter autrement que ce que la Parole recommande. Vous arrêterez par exemple de dialoguer, de cuisiner ou de remplir vos rôles conjugaux. Tout sera infecté, votre vie de prières, vos relations sexuelles, l'entente à la maison. Si vous n'agissez pas, la pomme deviendra immangeable et irrécupérable, jusqu'à ce que vous soyez obligé·e de la jeter et d'en acheter une autre.

La majorité des défis dans les couples s'aggravent à cause de la rancune, de l'indifférence, de la négligence, de l'orgueil, du manque de discussion. Tout le monde se braque, oubliant que la pomme est fragilisée et que ce n'est plus le moment de rester dans son coin.

Dans le couple les moments où vous aurez des contradictions et des divergences ne manqueront pas. La chose ultime à faire est donc de toujours protéger votre pomme (amour). Oui, cachez-le dans vos bras (prières) à chaque instant de votre vie. Et parce que nous sommes humains et qu'un défi surviendra, cherchez des moyens de le protéger de tous insectes (pensées mauvaises, entourage…) et trouvez un sparadrap (discussion, pardon...) pour recoller et soigner la partie qui semble brisée.

Il est dit qu'une bonne discussion dans un couple, c'est celle qui arrive à ôter le poids que ressentait l'autre dans son cœur. C'est seulement lorsque vous deux, vous sentirez ce poids partir que vous pourrez véritablement enterrer la discussion. Si cela ne peut être réglé en un seul échange, veillez à ce qu'il ne tarde pas trop et que cela devienne un sujet que vous traînerez durant des mois. Sachez avancer !

Alors, à quel niveau se trouve votre pomme actuellement ? En pleine forme ? Gloire à Dieu, continuez à protéger votre amour, c'est un exercice à faire au quotidien.

A-t-elle été croquée ? Des insectes sont-ils en train de tournoyer ? N'attendez plus, souvenez-vous à quel point vous l'aimez, réglez ce problème le plus vite possible et protégez votre amour. Il est votre partenaire de vie, il est un fils de Dieu et assurément, il ne voulait pas être si méchant. Souvenez-vous que la colère ne se couche pas sur votre lit, dit la Bible.

Si Dieu vous a unis, c'est parce qu'Il vous voit capables de relever le défi, d'être chrétiens, heureux, mariés et de rester mariés à une époque où le mariage n'a presque plus rien de sacré. Dieu vous fait confiance, alors pourquoi ne pas vous faire confiance également ?

Voulez-vous bien saisir la main de votre partenaire et prier ensemble en renouvelant votre amour, vos vœux et cette confiance que vous avez l'un envers l'autre ? Si vous sentez une réprimande dans votre cœur, n'hésitez pas à discuter et à réparer la chose avec votre époux·se. Les rancunes n'ont aucune vertu.

Si vous sentez vaciller la flamme du début, n'hésitez pas à faire des actions pour la rallumer. La vie est si courte, ne devenez pas simplement la mère ou le père de vos enfants, remplissez pleinement votre rôle de partenaire. Car c'est la volonté du Seigneur de vous voir épanoui·e et heureux·se dans votre foyer. Le cœur de l'homme a été créé pour être heureux.

Sentez-vous de la joie et de la reconnaissance ? Votre couple est obéissant aux principes. Chacun, malgré les difficultés, connaît sa place et gère les défis avec l'aide du Saint-Esprit. Remerciez le Seigneur et demandez-lui de vous emmener encore plus loin.

C'est à vous d'écrire : que vous a inspiré cette partie ?

Chapitre II : Les autres personnes

La famille et les relations sont deux grands domaines qui interfèrent dans la vie de couple. La méconnaissance des lois ici peut véritablement empiéter sur l'équilibre du foyer.

I. La Loi du bon père de famille

La famille aura un rôle important dans votre foyer. Dans la Bible, Timothée 5:8 dit que : « Si quelqu'un n'a pas pris soin des siens, et principalement de ceux de sa famille, il a renié la foi, et il est pire qu'un infidèle. » Si un époux ne prend donc point soin de sa femme et de ses propres enfants, il ne mérite point le titre d'époux et encore moins celui de chrétien. Comprenez donc que c'est un faux frère et qu'il n'a jamais connu le Christ. La loi du bon père de famille voudrait donc que vous agissiez en tenant compte de l'intérêt de votre famille.

En fonction de votre culture, ce verset aura une connotation plus ou moins profonde. La culture européenne, par exemple, a une conception restreinte du mot famille : il s'agit du père, de la mère et des enfants et parfois, on intègre les cousins directs et les grands-parents. Dans cette culture, la loi qui règne est celle du « chacun pour soi ». Il est rare d'entendre un Européen ou un Occidental se plaindre d'être l'espoir de toute sa famille (cousin, cousine, père, mère, grands-parents, tante) et de la pression que cela implique.

La culture africaine, par contre, a une définition de la famille très élargie. On parle de tata, de tonton, de neveux, de nièces, du cousin du père, de la mère, du cousin du cousin du cousin du grand-père… Selon cette culture, celui qui a le plus réussi doit s'occuper des parents, des frais de scolarité des petits frères, parfois même des neveux et nièces, des cousins. Aussi, selon la place qu'occupe votre conjoint, les droits et obligations envers sa famille élargie ne seront pas les mêmes. L'aîné de la famille se voit remplacer le père. Il devient le pourvoyeur et l'espoir de la famille. Il doit être prêt et disposé à aider financièrement à chaque besoin. S'il est le dernier, on attendra de lui de l'aide, mais il aura moins de pression que l'aîné. En tant que couple chrétien, les discussions houleuses ne devraient point venir du fait de donner ou de ne pas donner, car la Bible nous a déjà donné une ligne directrice. Nous devons prendre soin des nôtres. Cependant, à quelle fréquence devons-nous le faire ? À qui et jusqu'à quel point ? Ce sera à vous, en tant que couple, de discuter et de réfléchir sur chaque besoin de votre famille.

Nous vous suggérons donc d'établir un plan pour vous organiser. Pour ce faire, vous pouvez appliquer la méthode « urgent-utile-agréable-sans intérêt ». Cela signifie que lorsqu'un besoin vous est présenté, distinguez l'utile de l'agréable, les urgences des choses qui peuvent attendre, le nécessaire des choses vaines. Par exemple, votre cousin a besoin d'une moto pour aller à l'université. Il a vingt ans et il a la possibilité d'y aller en bus tous les jours, mais il veut une moto car il sera plus libre et pourra gagner trente minutes. Ce besoin, bien qu'il réponde à un désir noble, celui d'aller à l'école, n'est ni urgent, ni utile, si vous ne gagnez pas assez d'argent. Il peut être classé dans la case agréable, car c'est pour faciliter sa vie de jeune étudiant. Or cette moto va occasionner des dépenses et ne fera pas rentrer d'argent. Vous devrez acheter du carburant, prendre l'assurance et vous attendre à quelques réparations. Quand on ne travaille pas, mieux vaut perdre trente minutes chaque jour que de devoir sortir trente euros qu'on n'a pas chaque semaine. Ce besoin est donc un sujet à classer gentiment dans les « Non ».

Si votre cousin souhaite travailler en même temps que ses études, là, c'est différent. Avec une moto, comme dans beaucoup de pays d'Afrique de l'Ouest, il aura la possibilité de faire du « taxi-moto » sur ses trajets en semaine, tous les samedis, etc. Ici, ce besoin peut entrer dans la classe « utile ». Non seulement il gagnerait trente minutes, mais aussi de l'argent et serait donc un peu plus autonome financièrement. Bien qu'utile, ce besoin qui n'est pas urgent est à différer au mois prochain ou au trimestre suivant selon vos finances. Ne mettez pas à mal votre vie financière pour répondre aux besoins utiles. Essayez de planifier au maximum. Ne touchez vos épargnes qu'en cas d'urgence. Une urgence, c'est un événement dont le traitement ne peut attendre. Une urgence n'arrive bien évidemment pas tous les mois. C'est quelque chose d'exceptionnel.

La seconde chose à faire serait d'affirmer votre manière de penser. Dites à ceux qui vous entourent comment vous fonctionnez avec l'argent, comment ils doivent vous donner du temps pour réfléchir par exemple et répondre à leurs besoins. Mettez clairement des limites quand c'est nécessaire. Soyez franc, ferme quand il le faut, vous n'êtes pas une banque ni une association ! Mais vous êtes leur tendre fille/fils, frère /sœur et chacun est responsable de sa vie. Sachez leur faire plaisir autant que vous pouvez, mais ce jamais au détriment de votre propre vie de couple. Faisons surtout du bien à nos pères et nos mères. Ils ont toujours été là pour vous depuis votre naissance. Les honorez, c'est la seule façon pour vous de vivre longtemps sur cette terre. Exode 20 :12 nous dit « Honore ton père et ta mère, afin que tes jours se prolongent dans le pays que l'Eternel ton Dieu, te donne ». Il n'y a point d'autres choses qui permettent cela, même pas le paiement de la dime de Dieu à son pasteur !!! Alors soyons dans la mesure du possible de bons fils, de bonnes filles pour eux.

La famille peut également vouloir s'immiscer dans la relation de couple par l'intermédiaire de différentes pressions. Nous avons connu un couple d'Européens qui avait décidé de patienter neuf ans avant d'avoir leur premier enfant. Ils n'ont rencontré aucun problème. Certes ils ont eu des questions de la part de leurs proches, mais ils ont expliqué leur vision et ne se sont jamais fait reprendre sur ce point. Ils ont eu leur premier enfant à l'âge de trente ans. Ce genre de décision est difficile à prendre quand on est de culture africaine.

En Afrique, les couples vivent souvent avec leurs beaux-parents, leurs belles-sœurs et beaux-frères au sein d'une même parcelle ou parfois dans la même maison. Dans la culture européenne, un tel choix ne pourrait être envisagé. D'abord, chaque enfant doit pouvoir avoir sa propre chambre le plus tôt possible. Cet enfant devient adulte dès dix-huit ans et est encouragé à quitter le nid familial au plus tard à vingt-deux ans. Il faut donc savoir composer avec cela, encore plus si vous êtes un couple mixte. La culture africaine, la famille même éloignée se permet facilement de vous questionner sur le fait que vous n'avez toujours pas d'enfants. Ils peuvent même vous faire des remarques désobligeantes. Sachez composer avec cette réalité et vous en prémunir.

En tout état de cause, soyez patients et aimants envers votre famille et votre belle-famille. Mais ne vous étalez jamais sur les détails concernant l'intimité de votre couple. Cela vous demandera certainement beaucoup de maturité et de sagesse. Il faut réussir à imposer la vision de votre couple à vos familles. Mais soyez rassurés, car la Bible déclare dans Genèse 2: 34 dit que : « l'homme quittera son père et sa mère et s'attachera à sa femme, et ils deviendront une seule chair ». Votre épouse ou votre époux doit rester la priorité de votre vie et cette priorité est à faire comprendre à vos familles respectives. C'est simplement une question d'équilibre. Chaque personne a sa place. À vous donc de trouver cet équilibre pour l'harmonie de votre couple et de votre famille.

II. La Loi de la priorisation

La personne que vous épousez ou que vous épouserez fréquentait des gens avant de vous connaître, des amis, de la famille. Elle avait un entourage. Une fois mariés, vous devez prioriser votre femme/votre mari et vos futurs enfants. Il vous incombe d'affirmer à votre entourage que vous êtes dorénavant à la tête d'un foyer, qu'une personne vit avec vous et que vos moindres faits et gestes auront de l'impact et des conséquences dans sa vie. Il est donc important de montrer la place qu'occupe votre partenaire. Nous ne disons pas qu'il faut être absent·e à toutes les réunions de famille ou anniversaires des amis, mais vous devez être conscient·e que vous allez être obligé·e de composer avec une autre personne. Si un jour votre partenaire vous dit qu'il·elle n'aime pas vous voir avec telle personne, ne le prenez pas mal. Observez la personne en question et essayez de discerner son réel esprit. Car souvent, nous ne voyons pas l'influence que les autres ont sur nous-mêmes. Combien d'histoires d'amour se sont arrêtées à cause d'une mauvaise amie ? Combien de relations n'ont pas abouti à cause d'amis trop présents ? Si l'entourage de la Reine Vasthi avait été assez sage pour la conseiller ce jour-là, elle n'aurait jamais perdu son foyer.

La personne qui nous connaît le mieux peut voir le changement en nous. Ne laissez pas une personne extérieure être la source de vos disputes, fermez toutes les portes par lesquelles les autres peuvent entrer. Faites de l'autre votre priorité. N'hésitez pas à recadrer celui ou celle qui osera manquer de respect à votre moitié. Soyez le protecteur de l'autre, surtout en public.

C'est à vous d'écrire : que vous a inspiré cette partie ?

Chapitre III: Les finances

Les finances ont une importance non négligeable dans la vie et encore plus au sein du foyer. Elles pourraient faire à elles seules l'objet d'un livre. C'est un point capital, car il permet de répondre à tous les besoins naturels de l'homme : manger, se loger, se vêtir, boire, se déplacer. En effet, « l'argent répond à tout », dit la Bible (Cf. Ecclésiaste 10:19). Tout humain le sait, le manque d'argent donne une vie limitée. Vous ne pourrez pas manger à votre faim ni évoluer dans la vie comme vous le souhaitez. C'est pourquoi il faut user d'intelligence et s'éduquer financièrement au moyen des livres, des vidéos, etc…)

Alors si tout le système de ce monde tourne autour de l'argent, comment faire pour en avoir ?

La Bible dit dans 2 Thessaloniciens 3:10 « Si quelqu'un ne veut pas travailler, qu'il ne mange pas non plus ». « Les désirs du paresseux le tuent, parce que ses mains refusent de travailler. Tout le jour, il éprouve des désirs mais le juste donne sans parcimonie. » (Cf. Proverbes 21:25 à 26). Un autre proverbe renchérit : « Le paresseux a des désirs, mais il n'arrive à rien. Au contraire, ceux qui travaillent dur obtiennent tout ce qu'ils veulent » (Proverbes 13:4). Observez la fourmi, « elle n'a ni chef, ni inspecteur, ni maître ; elle prépare en été sa nourriture. Elle amasse pendant la moisson de quoi manger » (cf. Prov. 6:6). Il faut donc travailler, travailler intelligemment et ne pas se laisser prendre par la paresse. Car l'homme mangera à la sueur de son front (cf. Gen. 3:19). Le travail ne sera donc jamais une chose à accomplir sans effort et courage. La Bible ne précise point le genre de travail à faire. Vous pouvez faire un travail intellectuel tout comme manuel, cela importe peu. Tout travail implique une rémunération (cf. 1 Tim 5:18).

Ce qui vous aidera à vivre à l'abri du besoin, c'est aussi le fait d'avoir plusieurs rentrées d'argent et de faire en sorte que votre argent travaille pour vous. Il est donc très important de diversifier vos sources de revenus et de commencer à vous éduquer sur les rudiments de la finance.

Car la deuxième étape, après avoir travaillé et gagné de l'argent, consiste à savoir gérer cet argent. En effet, la bonne gestion vous empêchera de vivre de manière asphyxiée même quand vous traverserez le cycle le moins fructueux de votre vie. Souvenez-vous de la loi des cycles vue au début du livre (cf. Partie 1, Chap. IV).

I. La loi de l'anticipation

Connaissez-vous l'histoire de Joseph dans la Bible dans Gen. 41 ? Joseph fit un songe qui prédisait des années de sécheresse et de disette. Il ne s'est jamais dit : « Dieu me l'a montré, nous allons souffrir alors soyez forts ». Non, Joseph a anticipé les choses. Il a demandé à ce qu'on sème beaucoup plus que les années précédentes, plusieurs lots de terres ont été achetés et une réserve de nourriture a été créée spécialement pour attendre ce jour-là. Joseph a vécu cette épreuve, mais il ne l'a pas du tout subie. Il est donc possible de vivre une épreuve et de ne pas en subir les conséquences. Il était tellement avenant que les contrées des alentours sont venues acheter de la nourriture chez lui. Son anticipation et la mise en place d'une stratégie lui a même donné l'occasion d'accroître ses richesses. Grâce à cela, son peuple fut sauvé. Un homme assez sage a anticipé la famine afin que les siens ne meurent pas tous de faim. L'anticipation est donc salvatrice.

Or, s'il y a une loi dont nous ignorons souvent les bienfaits, c'est bien celle de l'anticipation. Lorsque Dieu nous montre les choses à venir, cela ne veut pas forcément dire que nous devons les subir. Avant un hiver qui s'annonce particulièrement froid, nous pouvons nous procurer des manteaux chauds, acheter du gaz, des soupes et de quoi faire des plats qui tiennent chaud. L'hiver viendra, mais nous ne mourrons pas de froid. Nous pourrons même aller jouer dans la neige.

Beaucoup de chrétiens, surtout issus de la culture africaine, n'ont pas été éduqués à anticiper. En France par exemple, le système ne vous laisse pas le choix. Pour que votre enfant puisse aller à la crèche, vous devez commencer à entreprendre les démarches avant que l'enfant soit né. Pour votre inscription à l'université, vous devez vous y prendre cinq mois avant la date de la rentrée.

II. La loi des semailles et moissons

Genèse 28:22 dit : « Cette pierre que j'ai dressée comme stèle deviendra un sanctuaire de Dieu et je t'offrirai le dixième de tous les biens que tu m'accorderas.» Dans Malachie 3, Dieu énonce clairement un partenariat divin avec l'homme en ce sens : « Apportez donc vos dîmes dans leur totalité au trésor du Temple pour qu'il y ait des vivres dans ma demeure ! De cette façon-là, mettez-moi à l'épreuve, déclare l'Éternel, le Seigneur des armées célestes : alors vous verrez bien si, de mon côté, je n'ouvre pas pour vous les écluses des cieux, et ne vous comble pas avec surabondance de ma bénédiction ».

Nous sommes nombreux à avoir du mal à comprendre Dieu dans la gestion des finances. Prenons l'exemple d'un jeune couple qui souhaite se marier. Ils vont économiser pendant trois ans trente mille euros. Ensuite, ils vont dilapider toutes ces économies dans la cérémonie du mariage : des robes et costumes, six filles d'honneur et six garçons d'honneur qui doivent avoir leurs vêtements achetés aux bons soins des mariés, le plus grand gâteau du monde, des feux d'artifices, des traiteurs, des voitures de luxe… Or, cet argent que Dieu vous donne avant votre union n'est pas tant pour la cérémonie du mariage. Cet argent est pour vivre dans le mariage. Nous ne pensons pas qu'une cérémonie de mariage qui jette de la poudre aux yeux soit la volonté du Seigneur pour Ses enfants. Car souvenez-vous, nous aurons à rendre des comptes sur la manière dont nous gérons les ressources que Dieu a mises entre nos mains.

Comment voulez-vous attirer la bénédiction de Dieu dans vos finances en faisant un tel mariage alors que de toute votre vie, vous n'avez jamais visité et fait un don à un orphelinat ? Vous n'avez jamais donné la moindre partie de vos revenus au soutien de l'œuvre du Seigneur ? Aujourd'hui, peu de chrétiens programment Dieu dans leurs finances. Certains arrêtent de payer la dîme et les offrandes parce qu'ils doivent se marier. Il est très rare de voir un couple faire une offrande d'action de grâce au Seigneur pour le mariage. Pourtant, ils ont dépensé dix mille euros pour nourrir des hommes ingrats qui se moqueront de la robe de la mariée et des plats froids… N'est-ce pas une disgrâce, qui honorons-nous le plus lors de nos mariages dits chrétiens ?

Nous vous suggérons de ne pas faire un mariage pour un coût au-delà de 40 à 45 % de vos économies. Par exemple, vous avez payé votre dot et il vous reste dix mille euros d'épargne. Vous pouvez organiser un mariage à hauteur de quatre mille euros. Et si jamais vous rencontrez des imprévus, il vous sera possible de liquider cinq cents euros de plus. Il vous restera entre cinq mille cinq cents et six mille euros pour commencer votre vie à l'abri du besoin, dans la gaieté et la joie. Vous pourrez vous lancer dans les projets que Dieu a prévus pour vous.

Presque tous les couples que nous avons questionnés nous ont confirmé leur immense regret par rapport à l'argent dépensé lors de leur mariage. Car sachez-le, le moindre argent que vous dilapidez au-delà de 45 % de vos économies, pour la cérémonie de votre mariage, n'est pas un investissement. C'est une perte. Et cela risquerait de vous tirer vers le bas et vous retarder dans vos projets. Certains contractent des crédits pour organiser un mariage luxueux, s'endettent. Mais pourquoi ? À qui voulons-nous prouver notre statut ? On ne reconnaît pas un homme ou une femme selon le standing de son mariage. On considère qu'un homme est riche par la qualité de sa vie. Alors de grâce, ne soyons pas ridicule. Vous ne faites la course avec personne. Soyez fiers de ce que le Christ a fait de vous. Vous n'avez pas les moyens de vous procurer deux robes de rechange, des filles d'honneur, un traiteur, le dernier costume en vogue, hey ce n'est pas grave ! Vivez avec ce que Dieu vous a donné, travaillez et soyez heureux.

C'est pour cette raison que la plupart des chrétiens ont du mal à s'épanouir financièrement. Nous nous mettons des bâtons dans les roues et voulons vivre au-delà de nos moyens. Nous avons eu des couples qui couraient derrière le train deux jours après leur mariage alors qu'ils venaient de faire une cérémonie de plus de vingt mille euros. Ils n'avaient pas de voiture. Nous avons vu des couples manquer d'argent pour leur lune de miel, ne pas avoir suffisamment pour se nourrir, alors qu'ils s'étaient mariés pour quinze mille euros. Quelle tristesse n'est-ce pas ? Dans quel monde vivons-nous ? Comment voulez-vous être épanoui dans les finances si vous ne savez même pas ce qui est urgent, prioritaire, secondaire et sans intérêt pour votre propre vie de couple et que vous commencez votre vie de couple en étant endetté à cause de la fête ? Tout cela nous montre à quel point nous nous focalisons et organisons tout pour la cérémonie du mariage, mais n'anticipons en rien la vie après le mariage. Nous devons donc reconsidérer les choses comme Dieu l'aurait voulu pour nous, chrétiens.

Car la troisième étape consiste à investir. Ecclésiaste 11-1 nous dit : « Engage-toi dans une affaire, même en courant des risques, un jour tu peux y retrouver ton compte. Bien plus, investis ton argent dans plusieurs affaires, car tu ne sais jamais quel malheur peut arriver sur la terre ». Priez et observez autour de vous dans quel domaine vous pouvez investir. La Bible nous dit que dans les derniers jours, les hommes aimeront manger, boire, construire, se marier et marier leurs enfants. Ce sont là des secteurs, qui à cause de cette prophétie, prospéreront toujours. Sachez aussi faire la différence entre ce qu'est un actif (quelque chose qui fait rentrer de l'argent) et un passif (quelque chose qui fait sortir de l'argent de votre poche.) Par exemple, s'acheter une belle voiture est un passif, car chaque mois, vous dépensez pour l'essence, l'assurance, l'entretien. Mais s'acheter une voiture pour en faire un taxi est un actif, car vous faites entrer de l'argent tous les jours. Avec cet argent, vous payez les charges et il vous reste encore pour pouvoir investir dans un autre projet.

Si les deux partenaires ont une activité, vous pouvez avoir un compte commun où chacun contribue à hauteur de ses capacités aux charges fixes du foyer. Les charges fixes sont des dépenses qui reviennent tous les mois pour un même montant. C'est par exemple, votre loyer, l'assurance de la voiture, de la maison, la popote, les frais de scolarité ou de garde d'enfants.

Vous pouvez aussi individuellement garder votre compte où chacun pourra contribuer et se faire plaisir et avoir un troisième compte où vous mettez votre épargne. Vous pouvez aussi tout mettre dans un seul compte et fonctionnez avec le système des enveloppes. Cette théorie consisterait à prévoir tout son budget mensuel dans différentes enveloppes que vous pouvez ensuite repartir par semaine.

Peu importe le modèle de gestion établi, soyez vrais. Pour qu'il y ait une harmonie dans un couple, la transparence est un impératif. Sans transparence, pas de confiance, et pas de confiance, pas de couple, car les deux doivent être une seule chair. Un jour, lorsque nous faisions nos achats, mon époux et moi, nous avons vu un couple passé à la caisse. La femme tenait une paire de chaussettes dans sa main. L'homme avait un panier un peu plus rempli de chemises, chaussettes et pulls. La femme a payé ses chaussettes en prenant bien le soin de cacher le code de sa carte bleue. L'homme a ensuite payé ses propres affaires. Nous étions très intrigués par ce fait. Une paire de chaussettes coûte 3,99 euros puis nous étions à Primark, un magasin reconnu pour vendre à moindre coût...

Lorsque Melchisédech qu'on peut typifier comme étant Dieu, est venu rendre visite à Abraham (Eglise, Épouse) dans le livre de la genèse et qu'il a mangé, il s'est étonné en disant : « cacherais-je quelque chose à Abraham ? ». Alors la transparence est de mise au sein du couple, surtout au niveau financier. Car c'est l'un des seuls points qui revient tous les jours dans la vie du couple, puisqu'il nous faut au minimum manger tous les jours.

Travaillez donc, gérez et investissez intelligemment, selon les lois divines !

C'est à vous d'écrire : que vous inspire ce chapitre, que pouvez-vous mettre en place ?

Comme nous venons de le voir, le vivre ensemble nécessite une vraie sagesse dans la gestion de la vie du couple, aussi bien dans nos relations familiales, amicales, que dans nos finances. Car c'est là que les dimensions intrinsèques de l'homme et de la femme prennent tout leur sens, tant l'être humain est un être social. Ce dernier a été fait pour vivre dans une communauté et la gérer. Adam a d'ailleurs été le premier gestionnaire des biens de Dieu et il a réussi à tous les dompter. La Bible dit qu'il donnait les noms aux animaux et ils lui obéissaient. Dans la dernière partie de notre livre, nous allons donc voir comment l'homme et la femme, en tant que couple, peuvent arriver à réclamer, grâce au Sacrifice de la croix, cette autorité qu'avait Adam, de dompter tout son environnement et de vivre dans le bonheur et la paix absolus.

Partie V – La réclamation des bénédictions insoupçonnées du mariage en Christ

Quand Adam commença à communier avec Dieu, il sentit un vide que Dieu combla en tirant Ève de Lui. C'était sa deuxième rencontre après celle avec Dieu. Le mariage est donc la deuxième institution divine que Dieu a établie après celle du salut. En ce sens, son importance dans la vie de l'homme ne doit pas être minimisée. Le salut nous apporte des bénédictions rédemptrices de Christ : la joie, la longanimité, la paix, la prescience… Par analogie, le mariage devrait donc également nous apporter tout autant de bénédictions. Il est le lieu par excellence où Ses bénédictions doivent pleinement s'exprimer. Alors, comment attirer toutes les bénédictions que Dieu a prévues dans le mariage ? Comment prospérer et vivre heureux dans cette rencontre et institution ?

Chapitre I – « To take care of »

La Bible, dans 1 Pierre 3:7, nous dit : « De même, vous, les maris, vous devez honorer vos femmes. Traitez votre femme avec compréhension pendant que vous vivez ensemble. Elle est peut-être plus faible que vous, mais elle est votre partenaire égale dans le don de Dieu d'une vie nouvelle. Traitez-la comme il se doit pour que vos prières ne soient pas entravées. »

Cette portion des écritures nous montre que maltraiter sa femme, ou ne pas la traiter comme il se doit, empêcherait les prières d'un homme d'être exaucées. Et a contrario, bien traiter sa femme serait donc l'assurance d'être en harmonie avec Dieu et d'attirer l'exaucement de ses prières.

Un autre fait dans la Bible nous rappelle qu'un homme qui maltraite sa femme n'aura point à rendre compte devant les hommes. Dieu se chargera lui-même de cette affaire (cf. l'alliance faite entre Jacob et son beau-père : « Si tu maltraites mes filles et si tu prends encore d'autres femmes, ce n'est pas un homme qui sera avec nous, fais-y bien attention ! C'est Dieu qui sera témoin entre toi et moi. ») L'homme marié, s'il veut donc voir la main du Seigneur dans sa vie, devra veiller à la manière dont il traite celle qu'il a prise pour épouse. Il peut être un bon frère, offrir des sacrifices à Dieu, avoir de la renommée dans la ville, mais si par son entremise, son épouse est malheureuse, cet homme est loin d'être un homme béni.

Ainsi, nous pouvons tirer de ces passages que l'un des principes permettant de vivre dans les bénédictions de Dieu est ce que l'on appelle le « take care of », ce qui signifie « prendre soin de ». Ce concept se traduit avant tout comme le fait d'obéir à la Parole : « traitez votre femme avec compréhension » n'est pas une supposition, mais un ordre. Or, nous le savons, l'obéissance à l'égard de Dieu vaut mieux que tous les sacrifices. Car si la désobéissance entraîne la disgrâce, l'obéissance amène forcément la faveur (cf. l'histoire de la reine Vasthi). Naturellement, nous sommes plus enclins à pourvoir aux besoins d'un enfant obéissant qu'à un enfant désobéissant par exemple.

En effet, le « take care of » doit être considéré comme une recommandation divine. Et en tant que telle, c'est le fait d'y consentir qui produira les résultats et vous aidera à vous y soumettre en toutes circonstances. Notamment, lorsque vous penserez que votre épouse ne le mérite pas car elle est en faute. Vous continuerez à « take care of her », « à prendre soin d'elle », non pas parce que vous aimez votre femme, mais parce que tout d'abord, vous voulez être en harmonie avec Dieu. N'est-ce pas là le vrai caractère du Christ qui nous traite avec bonté et amour malgré nos multiples erreurs afin d'accomplir la volonté du Père ? Ainsi, le « take care of » prend pleinement son sens du fait de la responsabilité de chaque partenaire à respecter la place et le rôle que le Seigneur lui a confié : « Mari, aime comme le Christ, et toi femme, sois soumise. »

I. L'homme, un responsable sans failles

La Bible dit dans Ésaïe 4-1 : « Et sept femmes saisiront en ce jour un seul homme et diront : nous mangerons notre pain, et nous nous vêtirons de nos habits ; fais-nous seulement porter ton nom ! Enlève notre opprobre. »

Ce verset met en exergue la mentalité qu'auraient certaines femmes de vouloir d'un homme simplement pour faire des enfants et non pour construire quelque chose ensemble ou encore moins pour donner un cadre de vie idéal à sa progéniture. Si nous raisonnons a contrario, nous comprenons que l'une des responsabilités d'un époux serait de veiller à ce que l'épouse qui porte son nom ne puisse jamais manquer de rien. Il doit pourvoir à ses besoins et donc, en prendre soin.

On ne peut donc aimer sans le « take care of ». Aimer est un verbe d'action. Le Christ a aimé, c'est pour cela qu'Il s'est sacrifié. Après s'être sacrifié, Il a promis d'être à jamais présent pour Son épouse et qu'elle ne serait jamais seule. Après cela, Il lui a fait des dons (parler dans différentes langues, prophéties, songes…). Il lui a promis de bâtir une maison et de lui donner une couronne… Aimer est donc un ensemble d'actes permettant à la personne qu'on aime d'être épanouie. En prenant exemple sur le Christ et en mettant en place de telles actions, un homme obtiendra les faveurs de Dieu. Quel beau défi à relever !

Comment cela se traduit-il au quotidien ? Par des actes d'affection, de soin, d'encouragement, de bienveillance, de pardon, de bienfaisance et d'entraide. Sur le plan financier, le « take care of » se traduit par la transparence. Il est important, en toute honnêteté, de parler de ses projets professionnels, de montrer ses revenus, son contrat, d'inclure son épouse dans ses projets, de lui demander son avis, car chaque décision que vous prenez dans votre vie affecte votre partenaire. Sur le plan sentimental, cela se démontre par le fait de faire plaisir à son épouse. Lui offrir plus souvent des cadeaux ne serait pas sans conséquences (chocolats, fleurs, chaussures, montre…). Si vous avez vu une robe qui lui plairait, n'hésitez pas à l'acheter si vous en avez la possibilité. Pourquoi ne pas l'aider dans les tâches ménagères un peu plus souvent, ou lui rendre des services qui la déchargent de sa charge mentale ? La responsabilité de l'homme est de combler non seulement les besoins mais aussi les désirs de son épouse (cf. Gen. « Les désirs de la femme se tourneront vers son mari »).

II. La femme, un soutien ineffable

Adam avait un désir dans son cœur, celui d'avoir un être qui lui ressemble, un être sur qui compter et à épauler. La femme, en étant soutirée d'Adam, servait donc à combler un vide que rien n'avait réussi à combler. Dans le quotidien, cela correspond au fait d'être présente, de hiérarchiser ses besoins plutôt que ceux des autres. Par exemple, ne laissez rien ni personne vous empêcher de prendre soin de votre époux, de votre famille comme vous le souhaitez. Cela peut partir du simple fait de cuisiner, de mettre la table, de préparer des repas pour qu'il les apporte à son travail, de le soutenir, au fait de l'épauler, de le conseiller lorsqu'il doit prendre de grandes décisions ou lorsqu'il traverse des moments de doute. Certes, en tant qu'épouse, nous pouvons être fatiguées, préoccupées par notre travail, notre propre famille et cela est tout à fait normal, mais ces préoccupations ne doivent pas devenir une raison systématique et quotidienne pour ne plus prendre soin de votre partenaire, le délaisser et vous absenter. Il peut arriver de manquer de temps pour cuisiner, de ne pas pouvoir faire certaines choses que votre mari avait demandées, d'être fatiguée et de ne pas avoir la force ni l'envie de faire quoi que ce soit… Oui, cela peut arriver et arrivera. Mais ce dont nous parlons ici, c'est d'un refus constant de répondre aux besoins de son époux et de sa famille. C'est finalement être une épouse ou une mère fantôme, une épouse qui ne contrôle rien, qui n'est jamais au courant de ce qui se passe dans sa maison et de ce dont son époux et les enfants ont besoin. À l'ère du digital et d'une génération ultra connectée, il est encore plus difficile de trouver une oreille attentive et une écoute disponible pour son partenaire.

Soyez une femme entreprenante, qui rajoute une vraie valeur dans la vie de son partenaire. Le rôle d'une femme est multiple. Vous avez tant à offrir. Vous avez une sagesse pour mettre en place et sauver des empires, des idées pour créer. Et cela va de pair si vous faites le choix d'être une femme au foyer qui rappelons-le est un vrai challenge. Mais cela n'est pas incompatible avec l'entreprenariat et l'innovation. Vous pouvez avoir une activité rémunératrice en étant chez vous. Dieu a mis en chacun de nous des dons et un don dominant. Ce don dominant, c'est cette chose que vous faites avec passion, sans un grand effort et qui vous fait sentir si bien. C'est une aptitude, qui une fois développée, vous fait sentir rentrer dans votre destinée. A certains, c'est la musique, le chant, la cuisine, d'autres l'écriture, une aptitude manuelle, de la créativité, etc. Rentrez en vous-même et réfléchissez, vous avez sûrement un domaine dans lequel vous vous sentez comme un poisson dans l'eau. A vous de le découvrir, de vous former et de travailler dessus.

Proverbes 31: 12: « Qui trouvera une femme de valeur? Elle vaut bien plus que des perles. Le cœur de son mari a confiance en elle, et c'est tout bénéfice pour lui. Elle lui fait du bien, et non du mal, tous les jours de sa vie. Elle se procure de la laine et du lin et travaille d'une main joyeuse. Pareille à un navire marchand, elle rapporte ses provisions de loin. Elle se lève alors qu'il fait encore nuit, et elle donne la nourriture à sa famille et ses ordres à ses servantes. Elle pense à un champ, et elle l'achète. Avec le fruit de son travail, elle plante une vigne. Avec la force en guise de ceinture, elle affermit ses bras. Elle constate que ce qu'elle gagne est bon. Sa lampe ne s'éteint pas pendant la nuit : elle file elle-même la laine, elle tisse elle-même les habits. Elle ouvre ses bras au malheureux, elle tend la main au pauvre. Elle ne redoute pas la neige pour sa famille, car chacun y est habillé de cramoisi. Elle se fait des couvertures, elle a des habits en fin lin et en pourpre. Son mari est reconnu aux portes de la ville, lorsqu'il siège avec les anciens du pays. Elle fait des chemises et les vend, et elle livre des ceintures au marchand. La force et l'honneur, voilà ce qui l'habille. Elle rit en pensant à l'avenir. Elle ouvre la bouche avec sagesse et un enseignement plein de bonté est sur sa langue. Elle veille à la bonne marche de sa maison, elle ne mange pas le pain de la paresse. Ses fils se lèvent et la disent heureuse, son mari aussi, et il chante ses louanges : bien des femmes font preuve de valeur, mais toi, tu leur es à toutes supérieures ».

Par un raisonnement par analogie, il existe des tonnes de métiers aujourd'hui vous permettant de travailler chez vous ou d'être à votre propre compte. Les métiers du marketing, du design, community manager, du copywriting, de l'informatique, des RH, de la couture, de la coiffure, de la décoration, de la restauration... Alors essayez de vous informer et de vous former. Mais soyez innovante et actrice au sein de votre foyer, même financièrement. Car le « travail assure l'indépendance » et il n'y a pas d'homme sur terre qui serait mécontent de voir son épouse s'épanouir par l'activité et à quel point elle est une aide pour lui. D'ailleurs Ruth attira le regard de Boaz par la façon dont elle travaillait dans son champ. Soyez de ces femmes qui impactent leur homme même par leur intelligence, leur sagesse et les aptitudes que Christ leur a données.

C'est à vous d'écrire : que vous inspirent ces passages ? Comment se manifeste le « take care of » dans votre foyer ?

Chapitre II : la carte joker, un laissez-passer

Dans le chapitre I, nous avons montré que les bénédictions de l'Éternel reposent sur le couple, lorsque les deux partenaires remplissent leur obligation de « take care of ». Le deuxième alinéa de Pierre 3 mentionne que le fait de maltraiter une femme pourrait entraver l'exaucement de la prière. Or la prière est l'arme la plus puissante que Dieu a donnée à son Eglise. C'est par elle que nous rentrons en possession de toute chose.

I. La puissance de la prière d'un époux heureux

Comme nous l'avons dit, le fait d'obéir à la recommandation divine vous ouvre droit aux faveurs de Dieu. Par la prière, vous réclamez cette faveur et les bénédictions de Dieu dans différents domaines de votre famille et de votre vie : spirituelle, professionnelle, matérielle, financière.

Concrètement, le « take care of » devient votre carte joker devant le distributeur de Dieu. Le code pour accéder à ce que vous voulez est simplement la foi (cf. Heb 11:17). En vous agenouillant pour la prière, vous devez faire vos demandes à Dieu sur la base des soins que vous procurez à votre femme, de la douce manière avec laquelle vous la traitez. Rappelez au Seigneur à quel point vous êtes un véritable gentleman, comment vous lui accordez la tranquillité d'esprit et lui laisser le temps pour qu'elle avance avec Lui et dans sa destinée. Vous devez vous présenter devant le Père avec tous les bienfaits que vous procurez à votre femme, comment vous la mettez à l'aise, tellement qu'elle ne fait que très rarement des prières d'intercessions, mais plutôt des prières d'actions de grâces. Vous avez le droit, en tant qu'époux, de réclamer à Dieu ses bénédictions. Elles vous appartiennent et elles vous sont nécessaires pour continuer à prendre soin de votre charmante épouse et de vos enfants. La Bible ne dit-elle pas que vous ne recevez pas, parce que vous ne savez pas demander et à cause de vos faux motifs (cf. Jacques 4:3) ? Il ne s'agit pas là de se rapprocher du Seigneur et de vous vanter au sujet de ce que vous faites pour elle. Par votre bonne attitude, vous permettez à votre femme de concentrer ses prières sur l'avancement de son âme, de l'âme des enfants, de l'avancement du foyer et de ses projets. Elle ne passe pas son temps à vous accuser devant le Seigneur et à verser continuellement des larmes à cause de vos mauvaises habitudes et de toute forme de maltraitance dont vous auriez pu être responsable. Cela ne signifie pas non plus que Dieu ne voit pas tout ce que l'homme fait, mais ce sont des actes qui méritent de lui être rappelés afin de lui montrer que vous êtes cet époux qui fait de sa femme une épouse comblée. Par ce moyen, l'époux montre qu'il respecte l'institution divine que Dieu a établie. Par conséquent, parce qu'il a été fidèle à l'alliance, Dieu devrait également remplir Sa part du contrat.

Aussi, il est de la nature de l'homme d'aimer avoir une chose sur laquelle se reposer lorsqu'il prie. Par exemple, nous réclamons l'exaucement de nos prières en nous fondant sur les promesses de la Bible et le sacrifice de Golgotha.

Voilà donc comment vous pouvez prier :

« Seigneur, Toi le Dieu qui n'a cessé de me soutenir jusqu'ici, Toi le Dieu qui m'a donné Ta fille comme épouse, Seigneur tu sais à quel point je l'aime et j'ai de l'estime pour elle. Tu sais aussi Seigneur à quel point je fais de mon mieux pour la mettre à son aise et que je n'hésite pas à me battre chaque jour pour qu'elle et les enfants ne manquent de rien. Seigneur, je prie pour que Tes bénédictions m'accompagnent, aide-moi à travailler dur pour ma petite famille. Accorde-moi la santé, aide-moi à avancer et à évoluer, aide-moi à concrétiser tous ces projets que nous avons, à cause de ma place que je respecte, à cause de cette tranquillité que je lui apporte par Ta grâce, à cause de mon vœu que j'honore, Seigneur. Honore toutes Tes bénédictions à mon égard, Père, et aide-moi là où j'ai failli à me relever et à rester à ma place. Car c'est sur Toi que je compte Père, continue à nous conduire sur les sentiers de la justice, nous sommes le troupeau de Ton pâturage et Tu es notre bon berger alors pourvois pour ce travail dont j'ai besoin, pour que cette situation que je traverse puisse rentrer dans l'ordre. Accorde-le-moi, Père, afin que je continue à vivre Ta Parole. »

II. La puissance de la prière d'une épouse comblée

La prière est la voie pourvue par Dieu pour nous donner ce que nous voulons (cf. Marc 11:24). Voilà comment vous pouvez vous servir de cette carte :

« Seigneur Dieu, Toi qui es l'auteur du mariage, Toi qui m'as prescrit d'être soumise à mon époux, Tu vois comment je sers mon mari de tout mon cœur, de toutes mes forces, faisant du mieux que je peux pour lui apporter le bonheur que tu me voies capable de lui apporter. Et tu sais, Seigneur, à quel point cela me coûte : cela me coûte mon sommeil, mon temps, mon travail, m'empêchant parfois de m'acquitter de mes tâches comme il se doit, cela me coûte parfois ma liberté, car je me mets en retrait pour lui laisser sa place de chefferie même lorsque je ne suis pas totalement d'accord avec ses décisions… Et tu vois là, Seigneur, à quel point je respecte la place que Tu m'as donnée et la responsabilité qui va avec. Pour cette raison, je réclame que Tes bénédictions reposent sur moi.

Que je puisse prospérer dans tout ce que je fais pour la bonne avancée de mon foyer. En tant que cette femme soumise à mon mari, je réclame Seigneur que Tes grâces et Tes faveurs reposent sur moi et m'apportent le succès dans toutes mes activités. Le succès ne repose pas simplement sur nos capacités humaines mais sur la force que Tu nous transmets pour accomplir de grandes choses. Car Tu as dit que je pouvais tout, par celui qui me fortifie et que cela ne dépend pas de ma force, mais de l'Éternel qui fait grâce à qui Il veut. Or, je sais pertinemment Seigneur que selon Ta Parole, t'obéir attire sur nous Tes grâces. Je réclame Seigneur, que Tu me facilites la tâche dans mon travail, dans mes projets, que Tu m'inspires, me rende créative dans la manière de faire telle ou telle chose. Que Ta main puisse se reposer sur moi, à cause de ma place d'épouse que j'accomplis pleinement. »

Vous avez le droit, cela vous appartient, de réclamer tout ce que vous méritez, car si quelqu'un doit avoir de grandes ambitions, c'est le chrétien. Alors réclamez les autres promesses que le Seigneur vous a faites, sur la base de votre carte joker.

Votre mari est l'une des grandes bénédictions que le Seigneur vous a données, sachez donc vous en servir pleinement. Faites-lui du bien, afin qu'en retour le Seigneur vous en fasse davantage. Servez-le, rendez-vous disponible pour lui, conseillez-le sur les choix de votre foyer, écoutez-le et épaulez-le aussi longtemps qu'il se tient derrière la Parole de Dieu. À vous ensuite de vous servir de tout ce que vous faites pour lui pour réclamer toutes vos promesses devant Dieu. Car n'oubliez pas, votre mariage est une relation tripartite. Il serait dommage de vous priver de cette carte, utilisez-la.

III. La prière de l'un envers l'autre, une puissance sous-estimée

Prier pour votre partenaire est de loin l'une des meilleures choses que vous pouvez faire pour lui. La carte joker aura un effet encore plus phénoménal lorsque vous l'utiliserez en priant pour l'autre. Un jour, un grand serviteur de Dieu nommé William eut une houleuse discussion avec son épouse Méda, à propos de l'éducation de leur fils Joseph. Emportée par la colère, Méda lui claqua la porte au nez et s'en alla s'enfermer dans un coin de la maison. Un geste peut-être anodin, mais qui n'avait pas plu au Seigneur. Le Seigneur avertit Méda qu'elle tomberait malade à cause de ce geste. En effet, avant d'être votre époux ou votre épouse, votre partenaire est avant tout serviteur et servante de Dieu, parce que le Christ, par la seconde alliance, a fait de nous un royaume de sacrificateurs (cf. AP. 1:6).

Nous devons donc faire attention à la manière dont nous traitons notre partenaire. Si le fait de claquer la porte au nez à son mari a déplu au Seigneur, quel sentiment aurait-il à votre égard et quel châtiment attireriez-vous, en levant la main sur votre épouse ? Nous devons être extrêmement prudents sur la manière dont nous agissons l'un envers l'autre encore un peu plus lorsque la place de notre partenaire a une grande importance dans l'économie de Dieu (prophète, prédicateur, évangéliste). N'avez-vous jamais été repris par le Saint-Esprit, après une parole, un mot lâché par inadvertance ? Même Miriam, dans la Bible, fut frappée de la lèpre lorsqu'elle évoqua le fait que Moïse ait pris une Égyptienne comme épouse. Nous servons un Dieu strict, bien qu'amour.

Pour en revenir à Méda, un jour, elle tomba gravement malade. On lui diagnostiqua une tumeur qui n'arrêtait pas de grossir jusqu'à l'empêcher de marcher et de se tenir droite. Alors qu'elle était à l'hôpital, Marion sentit un grand vide à la maison.. Il se jeta dans la brèche et se mit à intercéder pour son épouse. Il utilisa sa carte joker en avançant ces mots en priant pour elle et les enfants : « Seigneur, ils me manquent ici ce matin. Je Te prie de les bénir et de les aider. Puissions-nous revenir dans ce lieu. Je Te prie d'être miséricordieux envers elle. Ne permets pas que le kyste soit malin. Je n'aime pas du tout la voir dans cet état. Seigneur, elle ne l'a pas fait intentionnellement, ce jour-là. Seigneur, elle n'a pas une seule fois prononcé un mot quand je partais tenir des réunions de réveil et que j'étais absent pendant des mois. Elle n'a pas ouvert la bouche une seule fois à ce sujet. Elle a toujours envoyé mes habits au nettoyage, lavé mes chemises et tout préparé pour mon départ, pour aller tenir des réunions. Et pourtant, elle se demande encore comment elle peut Te servir. Quand je rentrais très fatigué, épuisé, et que les gens venaient de partout, j'avais besoin de partir pour m'isoler. Je souhaitais faire une partie de pêche ou une tournée de chasse. Oh, beaucoup de femmes auraient éclaté à cause de cela. Mais que faisait-elle ? Elle préparait mes habits de chasse pour que je puisse partir et elle me laissait sortir. Seigneur, elle a dû être opérée trois fois pour mettre au monde nos bébés par césarienne. Je n'ai pas du tout envie de la voir souffrante. Seigneur, fasse qu'avant que la main du docteur ne la touche, que la main de Dieu enlève la tumeur et qu'elle ne puisse plus être retrouvée. »

Le jour de son opération arriva et avant même que la main du médecin ne l'ait touchée, la tumeur avait disparu. Un miracle venait là de se produire. Qu'avait mis en avant Marion lorsqu'il priait pour elle ? La disponibilité de son épouse à son égard, le « take care of », l'aisance avec laquelle il servait Dieu et la liberté qu'il avait car son épouse était très compréhensive.

Cette méthode fonctionne aussi bien lorsque la femme intercède pour son mari avec les enfants. Montrez au Seigneur à quel point votre époux est aimant et fait tout son possible pour vous rendre heureuse. Il travaille dur pour que rien ne vous manque et vous aide à aller de l'avant et à accomplir les projets que Dieu a mis dans votre cœur. Il est un père aimant qui essaie d'élever vos enfants dans la crainte du Seigneur et pourvoit à leur besoin. Que les enfants soupirent donc au Seigneur pour bénir leur père.

Voilà comment vous pourriez attirer et réclamer vos bénédictions. Oui, Dieu écoute également la voix des enfants (cf. Gen. 21:14).

C'est à vous d'écrire : que vous inspire ce chapitre, comment pouvez-vous le mettre en pratique ?

Conclusion

Somme toute, vivre heureux dans le mariage s'apparente à un chemin caché par des milliers d'arbres dans une forêt équatoriale. Pour trouver ce chemin, il faut élaborer une stratégie et travailler ensemble, en équipe avec son partenaire. Communiquer (de façon continue et efficace), se soutenir, s'encourager, s'écouter, (se prioriser, « take care of »), se pardonner, se rendre disponible. Mais plus encore, il faut un guide qui soit déjà passé par là, une personne qui connaît toutes les tactiques des animaux sauvages qui essaient de vous apeurer et de vous éloigner du vrai chemin, une personne qui arrive à percer ce que l'œil ne peut voir et à entendre ce que les oreilles ne peuvent entendre, une personne qui arrive à sonder les cœurs et les reins, et qui est capable de voir jusqu'à l'état d'âme de celui ou de celle qui veut faire partie de votre vie. Cette personne ne peut être que le Christ, Dieu lui-même. S'attendre à Dieu, mais aussi utiliser ses lois, devient par-dessus tout la meilleure des voies pour vivre un mariage heureux.

Aussi, le mariage reste et sera toujours une responsabilité et la plus belle institution que Dieu ait créée, après le salut. Son essence et son caractère divin ne pourront jamais lui être ôtés. En ce sens, le mariage est réellement un moyen pour voir davantage la main de Dieu et vivre le bonheur inouï sur Terre. Un bonheur certes rempli de défis, mais qui n'en reste pas moins un réel bonheur.

Nos pères qui nous ont précédés ont servi d'exemples. Ils sont devenus des archives et des mémoriaux de Dieu. Ils sont des modèles qui ont réussi leur mariage en se confiant à cet Être et en agissant selon Ses lois. Ces personnes-là, dont la

Bible relate les histoires, ont connu tout genre de défis : Abraham et Sarah connurent vingt-cinq ans de stérilité, mais ils demeurèrent ensemble et moururent mariés avec beaucoup d'enfants. Isaac et Rebecca eurent des jumeaux qui se haïssaient plus qu'ils ne s'aimaient, au point qu'ils voulurent s'entretuer. Rebecca et Isaac finirent leur vie ensemble, heureux, malgré les tensions dans leur famille. Job et sa femme connurent le manque, l'humiliation, la mort de tous leurs enfants, la maladie, la disette, la perte. Malgré tout, ils demeurèrent ensemble et furent restaurés. La reine Esther et le roi Assuérus connurent une guerre pendant laquelle leurs deux familles s'entretuèrent, ils restèrent malgré tout unis et heureux. Pourquoi ? Parce que ces couples craignaient Dieu et avaient la révélation qu'ils étaient fils et filles de Dieu. Ils avaient également la révélation de la personne avec qui ils cheminaient et du rôle qu'ils avaient à jouer dans la vie de l'autre. Par conséquent, ils savaient que rien ne pouvait leur arriver sans que Dieu le permette. S'il le permettait, c'est qu'Il avait déjà pensé à une solution.

Un mariage dans lequel le Christ figure au milieu est un mariage à trois. Cela rassure, est gage d'assurance. L'Ecclésiaste, 4:12, affirme : « Et si quelqu'un a le dessus sur un seul, les deux lui tiendront tête ; et la corde triple ne se rompt pas vite. » Vous êtes conscient·es de Celui qui vous a unis, c'est donc avec certitude que tout couple véritablement chrétien, de toutes les contrées de la Terre, peut dire : « Certains passent par le feu, d'autres par le vent, quelques-uns sous les eaux mais tous, par le sang de Jésus, sont vainqueurs. » Car la promesse a été faite à la postérité d'Abraham : « Ta postérité possédera toujours les portes de ses ennemis et Christ à la croix a payé la dette et plus rien ne doit vous nuire et vous empêcher de vivre un mariage heureux » (cf. Gen. 22:17).

Alors si vous êtes célibataire et que vous aspirez au mariage, demandez au Seigneur de vous remplir de son amour Agapao et qu'Il vous donne la possibilité de toujours le consulter avant de faire quoi que ce soit, maintenant et même après votre mariage, qu'Il vous aide à accepter et à reconnaître votre place en tant que futur époux ou épouse et votre but dans la vie de cette personne. Si vous êtes mariés, demandez au Seigneur de vous accorder assez de foi pour croire qu'il est possible que votre mariage soit un havre de paix.

Peu importe votre situation (marié·e, célibataire, jeune fille, jeune homme), faites le choix de devenir l'intime de Dieu. Car Jésus dit, dans Matthieu 7:24 : « Quiconque entend ces paroles que je dis et mets en pratique sera semblable à un homme prudent qui a bâti sa maison sur le roc. La pluie est tombée, les torrents sont venus, les vents ont soufflé et se sont jetés contre cette maison. Elle n'est point tombée, parce qu'elle était fondée sur le roc. » N'hésitez donc pas à faire confiance au Seigneur Jésus-Christ. Tournez les regards vers celui qui a apporté ce livre entre vos mains, car rien n'arrive par hasard. Et si un seul clignement de vos yeux ne peut se faire sans son autorisation, nous sommes rassurés et certains que ce livre, ce petit outil, vous servira, assurément. Nous en avons la conviction la plus profonde.

Prions :

« Seigneur Jésus-Christ, Toi qui es le roc solide sur lequel nous bâtissons nos vies. Ô combien dirions-nous à quel point notre vie, notre foyer ici sur Terre n'a pas toujours été facile. Mais combien nous te sommes reconnaissants d'avoir toujours été cet ami fidèle qui nous a tenus par la main. Depuis toujours, depuis des mois, des années où nous nous sommes dit oui pour te servir et oui avec notre partenaire de vie. Seigneur, nous ne savons pas ce que l'avenir nous réserve, nous sommes plein d'espoir que Toi, le Dieu qui nous a conduit jusqu'ici, Tu agiras au-delà et infiniment mieux que ce que nous pensons. Nous Te consacrons nos vies, notre couple ou notre futur couple Père, aide-nous à nous relever là où nous avons failli, aide-nous à pardonner et à avancer en ne regardant que Toi et tout ce que Tu as en réserve pour nous. Merci pour Tes préceptes et lois qui nous donnent la vie, qui sont une lumière à nos pieds. Oui nous croyons qu'en Toi, nous possédons toute chose et que nous sommes vainqueurs. Merci de m'avoir choisie, d'avoir choisi mon frère, ma sœur, qui lit ce livre, comme témoin sur le fait qu'il est encore possible de vivre heureux dans son foyer. Bénis chacune de nos vies et laisse nous toujours te servir avec humilité de cœur pendant que nous attendons ton glorieux retour.» C'est au nom du Seigneur Jésus-Christ que nous prions. Amen

Que le Seigneur étende Sa main dans chacune de vos vies et n'oubliez pas, marié·e, célibataire, aucune épreuve ne sera jamais éternelle. Le bonheur et la grâce vous accompagneront tous les jours dans vos vies. Jésus vous aime et vous fait confiance. Nous aussi, nous savons que vous êtes capable de relever le plus grand défi de notre civilisation. Car vous possédez et vous posséderez toujours toutes les portes de vos ennemis aussi longtemps que vous bâtissez sur Christ.

Jésus-Christ vous aime !

C’est à vous d’écrire : un dernier mot à propos de ce livre et ce qu’il vous a inspiré.

Note de l'auteure

Je souhaiterais vous remercier tout particulièrement pour votre lecture. Oui le souhait de tout auteur est d'être lu, mais j'espère que cette œuvre vous a béni d'une façon ou d'une autre. Ma prière est que le Saint-Esprit aide chacun d'entre vous à appliquer Ses principes. Je sais qu'Il le fera.

Si vous avez apprécié cet ouvrage et souhaitez m'aider à le faire connaitre, vous pouvez laisser un commentaire sur sa page Amazon. N'hésitez pas à en parler autour de vous, les recommandations entre lecteurs sont primordiales pour nous les auteurs indépendants.

Encouragez la jeune auteure que je suis, en me suivant également sur les réseaux sociaux et pour ne rien rater sur mes prochaines parutions:

LinkedIn : Gracie BOUSSA ELLENGA

Facebook, Instagram et Tiktok : Gracie MANDILOU

Site internet : www.elbenie.com.

Date de dépôt légal : Mars 2022

www.ingramcontent.com/pod-product-compliance
Lightning Source LLC
LaVergne TN
LVHW091056150826
845673LV00002B/597

* 9 7 8 2 9 5 8 7 0 4 9 0 2 *